恐怖箱

白夜《びゃくや》

つくね乱蔵
橘百花
三雲央
著

竹書房文庫

※本書に登場する人物名は、様々な事情を考慮してすべて仮名にしてあります。また、作中に登場する体験者の記憶と体験当時の世相を鑑み、極力当時の様相を再現するよう心がけています。現代においては若干耳慣れない言葉・表記が登場する場合がありますが、これらは差別・侮蔑を意図する考えに基づくものではありません。

カバーイラスト　近藤宗臣

巻頭言

箱詰め職人からのご挨拶

加藤 一

本書『恐怖箱 白夜』は、三人の実話怪談作家による競作本である。

恐怖箱トリニティシリーズは、毎回三人の著者を怪異の猟犬として野に放ち、それぞれが集めてきた怪異談を検分、取捨選択した上で箱詰めしている。

そして、それぞれの著者がどんな話を見つけてきたのか、どれが箱に収まっているのかについても、個々の著者が校正紙を読むその瞬間まで、一切が伏せられた状態で編まれていく。著者にとっても、蓋が開かれるまで恐怖箱の中に何が収まっているのかわからない。奇跡的に似通った体験談が集中することもあれば、恐ろしく方向性が分散することもある。著者の組み合わせは毎回変動し、互いが互いに影響を与えあうゆとりすらない。常に真剣勝負、である。

本作では、ベテランの域にあってなお怪異を追い続けるつくね乱蔵、昨年に続き二年目となる三雲央、そして『恐怖箱 蝙蝠』以来、三年の充電期間を経て戦線復帰した橘百花の三名が筆を執った。

日は没せず逢魔ケ時がずっと続く。そんな、白夜の怪談を始めよう。

目次

●……つくね乱蔵
▲……橘百花
■……三雲央

6

パチンコ玉五つ

仕事帰りの駅前で寺元さんに出くわした。

パチンコ屋から出てきたところだ。

苦虫を噛《か》み飽きたような顔から想像するに、結構な金額を失ったと思われた。

久しぶりの出会いを祝し、安酒を奢《おご》ることにした。

二杯目を酌み交わし、とりとめのない会話を続けるうち、寺元さんがふと気付いたようにポケットに手を入れた。

取り出したのはパチンコの玉だ。

煙草に換えるとき、多めに持っていったらしい。

「これさ、積める？」

何のことかと戸惑う私に向かい、彼は言葉を続けた。

「この玉を縦に五つ。串だんごみたいに」

そんなのできる訳がない、と笑う私に彼も微笑んだ。

「そう。できる訳ない。でも、俺やったことあんだよ」

それはまだ寺元さんがランドセルを背負っていた頃の話。

五年生になった寺元さんは、クラスのボス的存在の男子に目を付けられてしまった。

生まれて初めて経験するイジメは、寺元さんを心身共に酷く傷つけた。

そんなある日のこと。

例によって寺元さんのところにいじめっ子軍団がやってきた。

彼らの最近の流行は、絶対にできないことをやらせ、失敗したら罰ゲームというものだった。

中の一人が寺元さんの机にパチンコ玉を並べた。

全部で五つある。

「本日のチャレンジターイム！　寺元君が、このパチンコ玉を縦に積み上げます。できなかったら肩パンチな」

軍団は全部で五人。前回は全員から肩パンチを食らい、ぱんぱんに腫れ上がった。

「はいスタート」

できる訳がない、そう叫びたいが相手の逆鱗に触れるのは恐ろしい。

のろのろと玉を手に取り、まずは一つ置いた。

もう一つ指で摘《つま》むと、先に置いた玉の上に載せた。

その瞬間、見ていた全員が同時に声を上げた。

玉が乗ったのだ。

まるで雪だるまのように、玉の上に玉が乗っている。

あり得ないことではないのかもしれない、そう考えた寺元さんは、そろそろともう一つ乗せた。

今度は全員が息を呑んだ。

三つの玉は見事に積み上がった。

もう一つ、そして最後の一つ。

五つのパチンコ玉は綺麗に積み上がり、一瞬後に崩れて机から床に転がり落ちた。

その音で我に返ったいじめっ子達は、気勢を削がれ、すごすごと教室を出ていった。

「それ以来、イジメはなくなってね。何でできたのかは今でも分からない」

あのとき助けてくれたパチンコ玉なのに、最近は裏切られてばかりだと寺元さんは愚痴をこぼした。

バンッ

祥さんがホームで電車を待っていたときのこと。

到着した電車の扉が開き、いつものように乗り込もうとした。


『バンッ』


何かが激しく窓ガラスに当たるような音がした。

音につられて視線が動く。

同じ顔、同じ服装の女が大勢、全ての窓ガラスを埋め尽くすようにして、外側から張り付いている。

「この電車には乗れない!!」

彼女は慌てて改札口へ走って逃げた。

そのホームで人身事故があったことは後で知った。

10
砂の話

夏合宿で訪れた房総半島の宿泊先前に広がる砂浜で、山口さんは奇妙なものを見た。

早朝ランニングを終え、くたくたになってへたり込んだ波打ち際にぽつんと一つ、手の跡が付いている。

その跡は何回波を受けても、消えずにずっと存在し続けていた。

＊　＊　＊

豊口さんは通勤に自転車を使っている。

ハンドル前に大きなステンレス製のかごが据え付けられた、通称ママチャリ。

ある日の会社帰り。高架下に長く続く駐輪場から自宅のアパートを目指して、ゆっくりとペダルを漕いでいた。

途中、緩い坂道を下った先に大きな川がある。

その川に差し掛かった辺りで、ふっ、とハンドルが重くなった。

見ると、前かご一杯に、白い砂が詰まっている。

——ああ、何だこれ？

思わずブレーキを掛けると、砂はかごの隙間から全て、さーっと零れ落ちた。

直後、川の土手道に立つ人影がこちらに向かって何事か叫んでいたが、その内容をもう豊口さんは覚えていない。

＊　＊　＊

奈々美さんの隣席の同僚、倉林さんが昼休み明けに、砂が一杯詰まったコンビニの白いビニール袋を提げて戻ってきたことがある。

さらさらと袋の口から砂が漏れ出ていたので奈々美さんは気になって、「それ何に使うの？」と訊ねた。

すると倉林さんは、手にしたコンビニ袋を見つめて、〈あれっ？〉と不思議そうな顔をした。

コンビニでペットボトルの紅茶とシュークリームを買ったはずなのに、いつの間にか袋の中が砂に変わっていたのだという。

＊　＊　＊

河川環境の保全調査をしている菅沼さんは、一時期、妙なものをよく目にしていた。

担当するとある二級河川の堰《せき》に、蟻塚のように堆積する砂の塊が度々存在していたのである。

蟻塚と異なる点は、兎に角、薄くて脆いこと。

高さ大きさは、二十センチから五十センチくらいとまちまちなのだが、その厚みは決まって五ミリに満たない。

それは、指先で少し触れただけで瞬く間に崩れ落ちる。

そんなものが何故自立していられるのか、菅沼さんはずっと不思議だったという。

＊　＊　＊

あるシーズンオフの海岸。

篠月さんは恋人の渉さんと、人気《ひとけ》のない砂浜を歩いていた。

海の水は灰色で、砂の上には至る所に飲み食いした後そのまま放置されたプラ容器や空き缶が転がっている。

二人はぶらぶらと砂浜の端までやって来た。

砂浜の奥行きは急激に狭まり、近隣地域の汚水を海へと流す排水口が存在する為か、磯の香りに混じってケミカル臭が漂っている。

その排水口近くの湿り気を帯びた砂の上に、高さ一メートルくらいの六角形の板のようなものが屹立《きつりつ》していた。

「おお！　何あれ、すげえ！」

渉さんはそう言って、六角形の板に駆け寄った。

篠月さんが見守る先で、渉さんが指先でそっと六角形に触れる。

その途端、六角形の板は渉さんの足元に崩れ落ち、周囲の湿った砂と同化した。

「綺麗だったよな、何か城みたいで」

「えっ、お城？」

篠月さんには、それはどう見ても薄い板状の六角形にしか見えなかった。

＊　＊　＊

近くの浜に大型の鯨が打ち上げられていると聞き、三宅さんは五歳になったばかりの娘さんを連れて見学に出かけた。

わいわいと人だかりで賑わう中、三宅さんは娘さんを肩車して遠巻きに様子を窺《うかが》っていた。

トラックやワゴン車が何台も近付いてきて、俄かに周囲の群衆がざわめき立つ。

そんな最中、三宅さんの頭上からぱらりと砂が降り落ちてきた。

見上げると、娘さんの小さな手が何度も虚空を掴むような仕草をしている。

「お空にお砂があるの」

そう言って娘さんは握った手を開き、ぱらぱらと三宅さんの顔の上に何度も砂を落とした。

＊　＊　＊

また別の鯨が打ち上げられた、とある浜辺の出来事。

風が強く、空の暗い午後だった。

飯塚さんは暴れる長髪を押さえつつ、堤防近くから鯨の姿を眺めていた。

するといつの間にやってきたのか、飯塚さんと堤防の間に割り込む形で、幸の薄そうな顔をした白い肌の女性が立っていた。

「近くにお住まいなんですか？」

「こんな近くで鯨を見たの初めてで……」

「何だか怖い気もしますよね」

無難な会話を続けていると、不意にぶわりと勢いよく砂が舞い上がり、飯塚さんと女性との間を遮《さえぎ》るように駆け抜けた。

風が収まるとそこに女性の姿はなくなっていた。

気のせいなのだろうが、そそり立つ堤防が、より飯塚さんのほうへと迫ってくるような感覚があったという。

＊　＊　＊

ある暑い夏の昼下がり。木之下さんの家のチャイムが鳴った。

白黒のモニタに、安全ベストを着けた二人の男が映っている。

男達は共に右目を擦ったり押さえたりしていた。

「すみません。今こちらのお家の前の路上で測量を行っている者なのですが……」

作業中に突然目に砂が入り、酷く痛むのだと測量士は言う。

二人共がほぼ同時にこのような状態となり、一向に痛みが引かないらしい。

目を洗浄したいのだが、近くに公園もなく、尋常でない痛みに耐えかねて、迷惑を承知で木之下さんの家へと助けを求めに来たようだ。

それはお困りでしょう、と木之下さんは快く二人を家に上げ、洗面所を提供した。

二人の測量士の右目は共に真っ赤で、二十分近く眼球に直に水を当てたり、顔ごと水に浸け込んだりしていた。だが効果は見られないようで、どちらも痛みは酷くなる一方のようだった。

結局、二人は木之下さんが案内した近くの眼科医にそのまま駆け込んだ。

診察の結果は二人共に角膜びらん。角膜の表層が薄く爛《ただ》れたような状態だった。

抗菌薬を塗布し眼帯をすると幾分痛みが和らいだようで、測量士の二人は互いの右目を指差し合って、ペアルックみたいで嫌だな、と笑い合っていた。


その翌日。

木之下さんが昼食の素麺を食べていると、家のチャイムが鳴った。

白黒のモニタに、昨日の二人の測量士が映っていた。

お礼でもしに来たのかな、と木之下さんはドアフォン越しに声を掛ける。

だが測量士は無言のまま言葉を返してこない。

モニタに映る眼帯を着けた表情のない二つの顔が、次第に薄気味悪く思えてくる。

何かざわざわと落ち着かない気持ちでモニタを見やっていると、だんだんと二人の顔が黒く潰れ始めた。

眼帯部分だけは逆に白く飛び気味になり、モニタ内は輝度差の激しい白と黒の歪な縞模様となった。

そしてそのまま固まった。故障してしまったようだった。

その後、木之下さんは恐々と玄関のドアを開けたが、何処にも二人の測量士の姿は見当たらなかった。

＊　＊　＊

とある商店街の外れの路面に、白砂がうっすら積もっている場所がある。

「路面が臙脂《えんじ》色のブロックだから兎に角目立つんだよね。毎日、朝と夕方掃いて綺麗にしてるんだけど」

それでも二時間もすると、また白砂は路面を覆ってしまう。

景観を多少損ねるだけならば、放っておいてもさしたる問題はない。だが偶にそこで転倒してしまう者がいるのだという。

「そりゃ一人や二人、足を滑らせて転ぶ奴くらいいるだろうって思うわな？　けどさ、それ足を滑らせてるんじゃなくて、引っ張られて転んでるんだよ」

足の甲の辺りをぎゅっと握られて真下に引っ張られるらしい。

道を歩いていて突然そのような感覚に見舞われたら、それはもう、つんのめって転ぶ者も出てくるだろう。

「俺もそうやって転ばされたうちの一人だよ。あと他に、角の八百屋の親父、それに蕎麦屋の倅《せがれ》とかもそんな風なこと言ってたな。まぁ綺麗にしとけばどうやらそういうことは起こらないみたいだし、もう掃き掃除なんて日課になっちゃってるから、どうってことないんだけどさ」

＊　＊　＊

吉祥寺の小さなデザイン会社で働く奈々美さんの隣の席は現在空いている。

原因のはっきりしない偏頭痛が何週間も続き、パソコンの画面を見て作業するのが困難だという理由で離職した女性の席である。

その今は何もない机の上には、綿ぼこりに混じって砂が薄く積もっている。

偶に自分の机が窮屈になり、プリントアウトした参考資料やメモを一時的に隣に置くことがある。

すると、ものの数分しか経っていないにも関わらず、そこにはやはり、砂がうっすらと積もっているという。

＊　＊　＊

とある区立図書館で桑井さんが近世美術の資料をあれこれと探していると、その鼻腔に不快な臭いが飛び込んできた。

臭いの発生源は、書架脇に置かれた一人用の椅子に腰掛けている、ホームレスらしき長髪の男だった。

男は書架の側面の板に頭を預けて眠っていた。

その男の羽織っているナイロン地の黒いブルゾンの袖口から、さらさらと砂が零れ落ちていた。

細い糸を引くように途切れることなく砂は零れ続けていたが、床には大さじ一杯分程の小さな砂山ができているくらいで、その量は一向に増える様子がなかった。

＊　＊　＊

池袋のとあるインド料理店で働くネパール人、ラメスさんの話。

ラメスさんの生家はネパールのナワルパラシ郡にある。

その生家から四～五分ほど歩いた仄暗い裏路地では、風に乗った大量の砂が人の形を模して素早く吹き抜けていくそうである。

ラメスさんを始め、近隣の住人にとってはおなじみの光景だったという。

＊　＊　＊

武藤さんの住む町の近くの山峡には、至る所に石祠が存在している。

山道を奥に分け入った、苔に覆われた岩の合間にそれはひっそりと建てられていた。

直に双体神の姿が彫られている小ぶりの石祠。

野草を愛でながら散策していた最中に偶然見つけたものだった。

近くを流れる川のせせらぎが微かに届く静かな場所であるだけに、双体神の表情も何処か涼しげに見える。

ここで会ったのも縁だろうと、武藤さんは昼食用に持参していた塩むすびと茄子の漬物をその石祠に供えた。

するとその瞬間、直彫りされた双体神がさーっと崩れ落ち、ただの砂になった。

その後、カーン、カーン、カーンと三度、石を打つ音が響き、辺りの葉のざわめきがピタリと止む。

すると木々の合間からぬっと巨大な影が覗き、武藤さんに向かって、

「キヲツケロ、キヲツケロ、キヲツケロ……」

と何度も囁いてきた。

はぁはぁと自分の息が乱れているのを感じながら、武藤さんはただただその言葉に耳を傾けていた。

どれくらいそうしていたかは分からない。

気付けば巨大な影は姿を消していたが、辺りは日が落ちかけ薄暗くなり始めていた。

目の前では、双体神だけでなく石祠そのものが砂の山と化していた。塩むすびと漬物はなくなっていた。

キヲツケロ――。

もう回避できたことなのか、それともこれから起こることに対しての言葉なのか……。

武藤さんは未だにそれを気にしている。

＊　＊　＊

山口さんは夏合宿で房総半島のとある宿に泊まっていた。

ある明け方近く。

何者かに右手をぎゅっと強く握られ、目を覚ました。

ざらざらとした砂塗れ冷たい手の感触。

右手はタオルケットの中にある。痛い、痛い、という感覚はあるのだが、全身に力が入らず、ただただ耐え忍んでいることしかできない。

徐々に力は強まっていく。

ややあって、声を出している自覚はなかったが、同部屋の女の子が一人山口さんの異変に気付いて目を覚まし、

「どうしたの？　大丈夫？」

と声を掛けてきた。

その瞬間、すーっと山口さんの右手を握る力はなくなり、どうにか痛みから解放された。

身体の自由が戻った山口さんは、じんじんと痺れの残った右手を見てみた。そこには強く握られたような痕は見られなかったが、汗ばんだ肌にべたりと砂がこびり付いていた。

「この近辺で過去に何か厭な事件でもあったのではないか？　——そう気になりはしたんですが……」

あえて調べるようなことはしていないという。

柘榴の木の下で

斉宮さんは散歩の途中で、柘榴の木を見かけた。

高い塀の上から枝がはみ出ている。

近くで見上げると、その実は丁度食べ頃だった。

「美味しそうだなぁ」

さすがに勝手に取る訳にはいかない。

自分の食い意地が少し恥ずかしかった。

眺めていたのはほんの数秒だけのことだったが、塀の向こうからこちらを覗いている相手がいたことにハッとした。

枝の間から顔を覗かせている。

単純にその家の住人だと思った。

「すみません」

直接悪いことをした訳ではないが、反射的に言葉が出た。

家人はすぐに顔を引っ込めてしまったので、それ以上何もなかった。

ただその家の塀は随分と高く、彼女の身長から推測するなら二メートル近くある。

「あそこから顔を出してたんだから、台か何かに乗っていたのかしら」

覗いていたのは、かなり年配の女性だった。

そのとき柘榴の実が三つほど、同時にアスファルトの地面に落ちてきた。

「持っていったら」

そう塀の向こうから声がした。

どうしようか迷っているともう一度同じことを言われた。

二度目の口調がやや強めだったこともあり、柘榴を一つだけ拾ってそのまま持ち帰った。

家に着き、玄関の下駄箱の上に置いてから、トイレに行った。

その後に柘榴を取りに戻ると、下駄箱の上に拳よりもやや大きな石が、一つだけ置いてある。

先程拾った柘榴は何処にもなかった。

貧弱男子

海老原さんは当時、芸術系の大学に通っていた。

いつ汚れても問題ないようにつなぎを着て、碌《ろく》に化粧もせず好きなことに没頭する。

流行に流されることもなく、お洒落とは縁遠い生活。

それでも性別に関係なく沢山の気の合う友人に囲まれて、彼女なりに楽しい生活を送っていた。


海老原さんの友人の一人に、岡安という男性がいた。

髪は金色の短髪。色白でとても痩せており、夏でも長袖のTシャツを着ていた。

いつもサイズよりも大きめの服を好んで着ていることもあり、腕を広げると袖が羽のように見えた。

白地の物を着ていると、骨が透けて見えそうな程細い。

「羽を広げた蝙蝠《こうもり》みたいだよね」

いつからか彼は、影で『蝙蝠』というあだ名で呼ばれていた。

岡安君は駅に近い、学生にしては豪華なマンションで一人暮らしをしていた。

アルバイトはしていないが、それなりのブランド品を好んで身に着けており、お洒落にはうるさい。

中でも靴に対して一番こだわりを持っていた。

生活に困った様子もないことから、仕送り額は恐らく他の学生よりも恵まれていたのではないかと思われる。

一人っ子ということもあり、特に父方の祖母が彼に甘かった。

生活費とは別に小遣いを貰っては、欲しいものを買っていた。

春に学校の行事で、古美術関係の勉強を兼ねた旅行があった。

入学してから積み立てているお金で行くため、雰囲気的には修学旅行と似たようなものである。

短い日程の中で神社仏閣を回る強行スケジュールの旅が楽しいかどうかは、意見が分かれるところだ。

宿泊先のレベルは訪問先によって様々に変わるのだが、最後に泊まったのは大学関係者だけで貸し切りになってしまうような小さな古い旅館だった。

宿の風呂は決まった時間までに入らなければ、清掃が入ると聞かされていた。

海老原さんと友人達は一つの部屋に集まり、皆で雑談をして盛り上がっていた。

この中に岡安君もいた。

複数の男女が集まって話していたこともあり、話題は恋の話になった。

「彼女が欲しいなぁ」

岡安君はこれまで女性と付き合ったことがなかった。

興味はあるのだが、積極的になれない上に理想とする女性のレベルが高すぎる。

露骨に助平で、しかもすぐ顔に出るのだから女性も逃げる。

海老原さん的にも遠慮したいタイプだった。

彼は、どうすれば彼女ができるのか、皆に色々とアドバイスを貰おうとしていた。

恋の話から彼女作りの話に逸れたせいかどうかは分からないが、岡安君が突然妙なことを言いだした。

「ちょっと俺、女湯入ってくる」

「え？　何で」

冗談かと耳を疑った。

風呂の時間はもう終了していた。

つまり、誰かの入浴姿を覗くことが目的ではない。もちろん覗けば犯罪である。

岡安君曰く「女湯の湯を飲んでみたい」と言い出した。

酒が入っているわけでもなく、正気でそれを言っている。

さすがに皆で止めたが彼は聞かず、そのまま部屋から出ていった。

暫くして誰にも見つかることなく無事に戻ってきたが、様子がおかしい。

「まさか清掃の人に見つかったんじゃないでしょうねぇ」

「いや、違う……」

彼は頬を赤らめた。


岡安君は実際に風呂のある場所までは行った。

しかしさすがに中に入ることができない。

暫くその場に突っ立ってから戻ろうとした。

嘘でも女湯に入ったといえばネタになると考えた。

すると見慣れない女性が一人、廊下を歩いてきた。

歳は彼と同じくらいだから、学生の一人だと思った。

髪は短いが、兎に角顔が彼の好みだった。

膝上のミニスカートから伸びる裸足の白い足。

その女性は岡安君のほうをちらりと見ると、男湯のほうに入っていった。

(え、男湯? え、え、え、え、……だ、だったら俺がそっちに入ったとしても悪いのは向こうだよな)

この時間に風呂場に入ったということは、風呂掃除の人かもしれない。

どちらにしても彼女とお友達になりたいと思った。

風呂の時間を間違えた振りをしよう。

そう決めて彼はそっと男湯に入った。

脱衣所に人はいなかった。

彼女の服もない。

(風呂には入らないよなぁ……ハハハハ。やっぱり清掃の人かな)

少しがっかりした。

ここにいないとしたら彼女は浴室のほうにいる。扉を開けてみようと思った。

彼は律儀に「風呂の時間を間違えた学生」を演じるべく、服を脱いで浴室へ向かった。

中に入ると、先程の彼女は湯に浸かっていた。

岡安君は一度、心の中で小躍りしたがすぐにおかしなことに気が付いた。
彼女は服を着たままだった。
岡安君に対して背を向ける形で表情は見えない。
じっと動かない彼女に対して、声を掛けていいのか真剣に悩んだ。
徐々に全裸で突っ立っている自分が恥ずかしくなってきた。
ここは風呂場なのだからおかしなことはないのだが、この状況に対応できない。
脱衣所に戻ろうと思った。
一度女性に背を向ける。
再度、彼女がこちらの存在に気が付いていないか、確認の為に振り返った。
すると、そこには誰もいなかった。
「あれ？」
慌てて湯船に駆け寄った。その拍子に滑って転んだ。
それでも身体を起こして湯船の中を覗いた。
湯船の底に、ゆらゆらと沈む全裸の女性がいた。
まだ服を着ていないのをいいことに、そのまま湯に飛び込んだ。
女性に手を伸ばしたが、すぐに消えてしまった。

「何か、すげードキドキした。そのときのお湯が、凄くいい匂いするんだよ。女湯みたいに」

他の友達は「そういう問題ではないのではないか」と言ったが、彼は嬉しそうだった。

「……お湯、飲んだ。旨かった」

どうやら彼はつい、風呂の湯を少しだけ飲んだらしい。

色々な意味で、その場にいた全員が引いた。


その宿にはもう一泊する予定が残っていた。

話を聞いていた女性陣は風呂場が「嫌だ、怖い」と震え上がったが、男性陣は他の期待を持った。

しかしその後も特に風呂場に異変はなく、旅行は静かに幕を閉じた。

風呂場の一件のおかげで、彼の影のあだ名は卒業まで『エロ蝙蝠』に変わった。

異国の豚

茂木さんは若い頃、海外を長いこと放浪していたことがある。

今現在、六十後半の年齢でありながら、英語が堪能なのはその為だ。

その彼が二十代の頃の話だから、もう何十年も前の話になる。


それなりに名の通った大学を卒業後、大手企業に就職した。

父親は田舎で医者をやっている。

子供の頃から自由に育てられた。

何不自由のない暮らし。

進学、就職と要領よく生きてきた。このまま勤めていれば普通の幸せを手に入れていたと思われる。

それがふとした切っ掛けで会社を辞めた。

特に仕事に不満があった訳ではない。

ただやりたいことをやるなら若いうちだと思った。

戻ってからまた仕事を探しても十分生きていけると考えた。

上に兄と姉がいたが二人とも立派な仕事に就いており、一人ぐらい外れた生き方をしても許されるのではないかと思った。

貯めたお金と必要最低限の荷物だけを持っての出発。

「行ったことがない国はハワイくらいだ」

これが茂木さんの今の口癖。

恐らく冗談ではあったろうが、それほど長い期間を海外で過ごした。


行く先々でアルバイトのようなことをしながら旅を続けた。

「日本人は手先が器用だから」

いきなりテレビを修理しろ、と頼まれたこともあった。

よく確認してみるとコンセントが抜けていただけの話なのだが、それを隠して修理してやった振りをしたときは、子供の悪戯が成功したかのようで本当に楽しかったという。

元々頭の回転の速い人だけに、言葉は何処に行ってもすぐに覚えた。

これといって命の危険を感じるような目にも遭わず、旅は順調だった。

が、とある国で山奥の道を移動していたとき、こんなことがあった。

もう何日もまともな食事をしていなかった。

空腹は限界を超えてしまい、途中で一軒の民家を見かけ「何か食べさせてもらえないか」と頼み込んだ。

夜いきなりやってきた予定外の訪問者に、家の主人はやや嫌な顔をしてはいたが、仕方がないと一晩の宿を提供してくれた。

お世辞にも綺麗な家ではなかった。

(こういうとき、日本は本当に便利でいい国だよなぁって思うよな)

兎に角何か食べなくては倒れてしまう。

それくらいに空腹だった。

そんな茂木さんの前に、料理が一品差し出された。

豚肉の塊だった。

薄暗い建物の中でも、一目でそれが半分生なのだと気が付いた。

しかも肉の外側部分に、豚の毛と分かるものが数本、肉眼で確認できる。

(今ここでこれを食ったら、間違いなく腹を壊す!)

そう思ったが、空腹には勝てなかった。

茂木さんは生の豚肉を頬張ると、胃に流し込んだ。
味わう余裕はなかった。

案の定、食後最悪の状態に陥った。
食べた物は未消化のままストレートに排泄されてきた。
トイレに籠もることになったが、収拾が付かない。
日本から持ってきていた薬を飲むのが精いっぱいだった。
一度、状態が落ち着いて横になった。
その際、家の外に奇妙な動物を見た。
最初は豚かと思った。
「こっちの豚って、鼻とか目がないのか?」
顔のあるべき場所に目と鼻はない。
頭の一部分が裂けており、それが口に当たる部分のようにも見える。
地面に腹を付け、足を折ってその場でじっとしている。
暗いせいではっきりと見えない。
(自分がさっき食べたのは、まさかあの動物じゃないよなぁ)

そう信じないと、また吐き気が襲ってきそうだった。
暫くその動物を眺めていた。
途中で鞄の中に懐中電灯があったはずだと気が付いた。
(折角だからよく見てやろう)
腹痛より好奇心が勝った。
ごそごそと鞄から懐中電灯を取り出す。
そっと動物のほうを照らしてみる。
いきなり光を当てては逃げてしまうかもしれない。
ゆっくりと明かりを徐々に動物のほうに近付けた。
途中、相手の様子を窺う為に何度も手を止めた。
息を殺してそれを繰り返し、漸く目的の場所に光が当たった。
そっと照らし出された動物を見つめる。
手足の一部が千切れて、動けずにその場に蹲《うずくま》っていた。
やはり顔は潰れており、顎が大きく裂けている。
そして、それは豚でも他の動物でもなく、人間だった。
身体の大きさから女性ではないかと思った。

『ゴンニチュハ……。コン……ニシハ』

聞き慣れた母国語に、悲鳴が出そうになった。
外国の山奥である。何があってもおかしくはない。
日本での常識も安全もここでは通用しない。
もしかしたら今、自分はとんでもなく危険な場所にいるのではないかと感じた。
手元が狂い、女性から光が外れた。
一度落ち着こうと深呼吸をした。
最悪の場合、急いでここから逃げださないといけない。
(あの女性は助けられない。どうしよう)
もう一度懐中電灯の明かりを彼女に向けた。
そこにはもう、誰もいなかった。
茂木さんはその家で朝を迎えた。
夜中の山道は危険と判断し、逃げだすことは止めた。

（自分は確かに見た。でもそれの意味が分からない）

悪い夢でも見たような気分だった。

家の主人にできる限りのお礼をすると、その家を後にした。

「それでも世界を回るのはやっぱり楽しかったよ」

毛の生えた生の豚肉を食べたことを、武勇伝のように語る茂木さんの目は今も輝いている。

七歳

待望の赤ちゃんは、丸々とした元気な男の子だった。

高倉さん夫婦は、涙ぐんで喜んだ。

折角購入したマンションも、子供部屋が空いたままだったのだ。

いきなりグローブやバットを揃えた夫に、高倉さんは苦笑しながらも痛いほど気持ちが分かった。

種が悪い、いや畑だろうと両方の実家に険悪な空気が流れていたのである。

診断の結果は、どちらも異常無し。

そうなると先祖の因縁などと言い出す馬鹿も現れたのだ。

このままでは夫婦仲も危うくなるところであった。

「そうだ、我が息子の勇姿を録画して贈呈してやろうぜ」

「そんなの貰っても嬉しくないでしょ」

笑ってはみたが、満更でもない。

既に夫婦揃って親バカ道をまっしぐらである。

たちまちカメラが持ち出され、親以外に誰も喜ばない動画ができあがった。

今まで浴びせられた酷い言葉への仕返しの意味もある。

早速、ダビングして親戚縁者に送りつけた。

二日後、妹から電話が入った。

何やら気になることがあるという。

今から会ってほしいとの要望である。

断る理由はない。むしろ来てほしいぐらいだ。

いつでも構わないと答えると、妹はすぐさま現れた。

挨拶もそこそこにベビーベッドに向かう。

じっと見つめ、深い溜息を吐いた。

どうしたのかと訊ねる高倉さんを片手で制し、肩掛け鞄からヘッドホンを取り出して言った。

「あのビデオ、これで聴いてみて」

「何あんた、ヘッドホン使って見たの？」

「バイトが終わったの深夜だったのよ。そんなのどうでもいいから早く」

九分頃から聴けと急かす。

「何だって言うのよ」

あまりにも真剣な形相に逆らうこともできず、高倉さんは言われた通りにした。


九分十二秒。

それは突然始まった。

誰かの声が入っているのだ。

右側の奥で何か話している。

「これ何?」

あのとき、部屋には夫と自分、それと赤ちゃんだけだった。

テレビやラジオも点けていない。

外は誰も通らなかった。

「音を最大にして聴いてみて」

高倉さんは目を閉じて、音に集中した。

ほんに可愛い子だのう

いい子だこと
これなら満足してくれるだろう

あと七年

そう、七年

「何よ、何だって言うのよ！　何が七年なの」

返事がある訳はないのだが、高倉さんは画面に向かって怒鳴った。

帰ってきた夫にも聞かせたが、顔を顰《しか》めるだけであった。


高倉さんは子供に剛と名付けた。

名前通り、病気とは無縁の子だという。

それどころか、かすり傷一つしないそうだ。

来年の三月、剛君は七歳になる。

無理なものは無理

真由子さんは眠ろうと思った。
布団に潜り込む。至福の時だ。
そのとき、ベッドの下から、身体を力いっぱい〈グイッ〉と押された。
「えぇ、ナニ、なに?」
下から突き上げた人が、自分の身体に入ろうとしているのではないかと直感した。
(おっと、それは無理だろう)
思わず心の中でツッコミを入れた。
それを察したのか、相手はそれ以上何もしてこなかった。

小人達《こびと》

笹田氏とは知人を介して知り合った。

「私の家には小人が住んでいるんです」

大きな河川と交差する私鉄の高架脇に広がる縦長に拓けた平地。小さな町工場が並ぶ車道から一本奥に入った先に笹田氏の家はある。

百坪ほどの土地に建てられた、こぢんまりとしたいぶし瓦の平屋である。

小さいながらも立派な日本庭園があり、〈夏場など池に虫が湧いて難儀しますよ〉と笹田氏は笑う。

「その庭に、平べったい大きな置石があるんです」

石灰岩とあともう一つ黒っぽい岩の二層でできた、全長一メートル程の置石。

その上に時々、小人がいるのだという。

「身長は正確には分かりませんが、ごく平均的な幼稚園児くらいだと思います。ああ、だからといってそいつを園児そのものと見間違いをしている訳ではありませんよ。だって小人には人とは決定的に異なる特徴があるんですから」

氏曰く、小人には、目、口、耳、そして毛髪がないという。

つまりその頭部には鼻しか存在しないらしい。

「いや、実際には鼻ではないのかもしれません。頭部の一部が単に隆起しているだけなのかもなぁ、あれは」と笹田氏は少しの間を置いて訂正を入れた。

「まぁ、それ以外は人とほぼ一緒です。裾の短い黒い腰巻だけ身に着けているもんですから、最初は相撲ごっこを抜け出してきた近所の子供かな？　なんて思ったりしましたがね」

……気味悪くないんですか？

私の言葉に笹田氏は、近付きすぎなければ何もしないし、向こうもこちらに関心がないようだからどうってことはない、と再び笑う。

小人の存在は最早、庭園の景観の一部と呼べるくらいに当たり前のものなのだと――。

氏との別れ際、それとなく私もその小人を一目見てみたいのですが、と頼んでみた。が、そこはやはり会って間もない人間を家に招くことに抵抗があったのだろう。やんわりと断られてしまった。

それでも大変珍しい話が聞けて満足していたので、その夜、笹田氏を紹介してくれた知人にお礼の電話を入れた。

「いや、気に入ってくれたのなら良かったよ。うん。紹介した甲斐があったってもんさ」

電話口から返される快活な声。知人の江川である。

今度、さぬきうどん奢るから。せこいなぁ、焼肉くらいご馳走してくれよ……。

そんな軽口を言い合っているうちに、何となく訊ねていた。

「なぁ、お前は笹田さんの家に行ったことってあるの?」

「うん? ああ、あるけど。三回くらい遊びに行ったっけかな。笹田さん男やもめだけどマメな人だから、家の中いつもぴかぴかでさぁ」

これは初耳だった。六年前に奥さんを亡くされており、それからはずっと件の家で一人暮らしをされているらしい。

あまり回りくどい物言いをしていると、ご本人が居られない場でするには相応しくない話題に立ち入りそうな気配があったので、ずばり訊きたかったことを江川に問う。

「――で、その遊びに行ったときに、小人には遭えたのか?」

「いいや。一度も遭ったことはないね。遭ったことはないんだけどさ……」

以下は江川が笹田氏の家を訪問をするようになって、三度目の際の出来事である。

二十時少し前の笹田邸前——。

暗がりに佇むその家は、前回、前々回の日のあるうちに見た姿とは一切合致しないくらいに肥大して見えた。

表札には確かに〈笹田〉とある。

家の左手数百メートルには、夜空の下辺を縁取るように高架が長く続いている。隣家の低い石塀の上には植木鉢が幾つも並べて置いてある。どちらにも見覚えがあった。間違いなく、ここが笹田氏の家のはずだった。

記憶と重なる周囲の景色に背中を押され、江川はインターホンのボタンを押す。

十秒……二十秒……と無音の間が続いた。

十数分前〈今、駅に着いたところです〉と連絡を入れたばかりだった。留守とは考え難い。

もう一度インターホンのボタンを押す。

すると今度は数秒の間を空けた後、スピーカーから音が聞こえてきた。

「……ん……んん……んて」

スピーカーの故障だろうか？　声なのかどうかも判別の付かない微かな音がする。

兎に角インターホンに向かって江川は自分の名を告げてみる。

スピーカーからは不明瞭な音がだだ漏れし続けるばかりで、やはり反応は返ってこない。

江川は玄関の引き戸に手を掛けてみた。躊躇《ためら》いがちに力を込めると、何の抵抗もなく引き戸はすうっと開く。

廊下奥の障子越しの薄く引き伸ばされた明かりが、辛うじて三和土《たたき》まで届いている。おかげで中の様子がぼんやりと窺えた。

綺麗に手入れされた革靴が、つま先をこちらに向けて行儀良く揃えられてある。

時折、明かりの漏れた障子の部屋から微かに話し声のようなものも聞こえてくる。

やはり留守ではないようだ。

「今晩は、笹田さん！　居られますか？」

江川は暗がりを散らすくらいの勢いの声を張った。

それでも返事はなかった。

不測の事態が起こり、笹田氏は声も出せず動くこともままならない状況に陥っているのかもしれない——ここに至って、漠然とそんな不安に囚われた。

江川は靴を脱ぎ捨て廊下に駆け上がると、明かりと音の漏れ出ている部屋まで突き進み、その障子襖を開けた。

するとそこには、こちら側にすっと伸ばした背中を見せるように正座する笹田氏の姿があった。

広さ八畳程の小綺麗な和室。片隅に置かれた二十インチ程の小さな液晶テレビで、ざらざらとしたノイズ塗れの白黒の時代劇のようなものをやっている。

笹田氏はそんなテレビの画面をぼうっと眺めていた。

「笹田さん、いらっしゃるのなら返事してくださいよ。滅茶苦茶心配しましたよ」

ほっとした江川は、笹田氏のすぐ傍へと腰を下ろした。

近くで見る笹田氏の表情は、その姿勢に反して酷く弛緩《しかん》して見える。

「何をそんなに熱心に見入ってらっしゃるんです?」

笹田氏は返事もしなければ、江川のほうに顔を向けようともしない。

——聞こえなかったのかな? それとも何か怒らせるようなことをしてしまったのかな?

そんな逡巡をする江川の目が、笹田氏の膝先に転がる空の日本酒の一合瓶を捉えた。

——ああ、そういうことか。

合点がいった。笹田氏はどうやら待ちくたびれて先に始めてしまった様子である。氏はそれ程酒に強くない。早々と酔いが回ってしまったのだろう。

下手に声を掛けて絡まれでもしたら厄介だ。ここは酔いが少し醒めるまで様子を見たほうが良いな。

笹田氏を刺激しないよう少し距離を取ろうと、江川はそっと腰を上げかけた。

その際、何か気に懸かるものを感じ、部屋の中をぐるりと見渡した。

すると、江川が入ってきた襖側、テレビや笹田氏のいる位置の対面に当たる天井の一角に、四角い穴が開いていることに気付いた。

そこだけ天井板がないのである。

床を見渡してみても、それらしき板は落ちていない。

何か理由があって、わざと開けてあるのだろうか？

気にはなったが、今はそれ以上どうしようもなかった。江川は転がる日本酒の瓶の脇にあった旅行雑誌を手に取り、壁際の座椅子に腰を下ろす。

そこで雑誌を読みながら、気長に笹田氏の酔いが醒めるのを待つことにした。

どうにも落ち着かなかった。

雑誌の内容が全く頭に入らない。文字の連なりがまるで意味を成さない落書きのようだった。

雑誌から顔を上げ、壁に掛かったアナログ時計を見やると、針は計ったように八時丁度を指し示している。笹田氏の家に来てからまだ十分と経っていない。

笹田氏は微動だにせず、ノイズがより一層酷くなっているようなテレビ画面をじぃっと眺め続けている。

ずっとそのような状態のままの氏の様子も気になりはしたが、それ以上に天井に開いている穴が気になった。

ついつい見上げてしまうのである。

といって何か変化がある訳でもない。

四角く開いたただの黒い穴――。

数ページ進んでは見上げ、また数ページ進んでは穴を見る。そんな行為を三度、四度と繰り返してしまう。

最早、惰性でページを捲っているだけだった。

更に数分が経ち、また天井を見上げた。

江川は我が目を疑った。

いつの間にか、天井の穴が塞がれてあった。

周囲の木材に比べ、僅かに色の薄い板が嵌《は》められている。

と、その瞬間、テレビの音量が唐突に大きく、そして明瞭になった。

驚いて目を向けると、テレビ画面に若い男女の満面の笑顔が映っていた。見慣れた清涼飲料のＣＭ。それまでが嘘のようなくっきりとした映像だった。

「あれ⁉　江川君、いつの間に来てたの？」

テレビの前の笹田氏がこちらに顔を向け、ぱちぱちと瞬きしながら大層驚いた声でそう言った。

「笹田さん、その間の記憶がすっぽり消えててさ……」

幾許かの間を置いた後、少し落ち着きを取り戻した江川は、それまでの出来事を順を追って笹田氏に説明した。

話を聞いている間、笹田氏は何度か物言いたげな表情を浮かべたが、結局、最後まで口を挟んでくるようなことはなかった。

「微妙に心当たりがあるような様子だったんだけれど、何かに怯えているというか不安がっているというか……。まあ、ついさっきまで廃人みたいでしたよ、なんて聞かされたら、誰でもそんな感じになっちゃうか」

天井の穴については、笹田氏に全く心当たりがないということだった。

その後、江川は笹田氏と暫く酒を酌み交わしていたが、あまり盛り上がらず早々にお開きになった。

江川は帰りしなに、もう一度その天井をじっくりと見てみたという。

「さっきまでは穴のあった部分の板が微妙に色違いだったんだけれど、改めて見ると周りと同化していて、境目とか分からなくなってたよ。もう完全に穴の痕跡が消えてるの」

小人と関係あったのかどうかは分からない。でも、笹田氏の家には絶対何かいる気がする、と江川は言う。

目目目

かつて、飯泉さんの後頭部には切り傷があった。正確には後頭部の下部。上部頸椎から指二〜三本分くらい上の、毛髪の生え際辺りに位置する横一文字のかさかさに乾いた傷。

飯泉さん自身にも自覚がないくらいに、それはいつからかそこに存在していた。

飯泉さんは当時、中学二年生。サッカー部に所属する、全身擦り傷だらけの育ち盛りの少年であった。よって、その傷も何処かにぶつけて付いた切り傷の一つだったのだろう。


ある深夜――。

尿意に目を覚まし、階下の手洗いで用を足した後、飯泉さんは洗面台で手を洗っていた。

洗面台の鏡に映る、寝癖を付けた間の抜けた顔。

そんな自身の顔を一瞥《いちべつ》し、飯泉さんは洗面所を後にすべく、くるりと後ろを向く。

と、その瞬間、立ち眩《くら》みにでも見舞われたかのように、すーっと視界が暗くなった。

数秒もしないうちに視界は明るく開け、元通りに戻ったかのように思われたのだが、些《いささ》か様子がおかしい。

たった今、踵《きびす》を返したばかりのはずなのに、目の前に洗面台がある。いつの間にか、また鏡のほうを向いている。

目の前の鏡に映り込んでいるものに違和感があった。そこには自身の顔があって然るべき。しかし代わりに鏡に映っているのは、こちらに背を向け棒立ちする男の後ろ姿である。その後頭部に、白っぽいものが存在していることに気付き、飯泉さんは無意識に焦点を合わせる。

ぎょっとした。

それは、静かな眼差しで真っ直ぐこちらを見つめる、薄く開いた瞼《まぶた》であった。


この鏡の中の背を向けた男が自身の後ろ姿だと飯泉さんが気付くのは、その十数秒後、視界が再び暗転し正常な状態へと戻った後である。

自分の後ろ姿を真正面から目にする機会など、普段あまりない。更にその首筋には得体の知れない瞼が存在していたのだから無理もない。

瞼のあった位置と件の傷の位置とはぴったりと重なる。

傷口が開き、眼球が覗き、そして視神経が繋がり……等、飯泉さんの身に起きたことについて薄々想像は付くが、何故それが起こったかについては推測のしようもない。

助けてください

野町さんは彼女と一緒に一泊二日の旅行に出かけた。

寂れてはいるが、安い温泉宿を見つけたことが切っ掛けだった。

宿の近くには、特に行ってみたい観光スポットはなかったが、移動する途中に神社を見つけた。

「時間に余裕もあるし、折角だから寄っていこう」

神社の裏手のほうに季節の花が咲いていると看板が出ており、彼女はそれが見たいと言った。

当然、野町さんもついて行こうと思ったのだが、そこで急な腹痛に襲われた。

(さっき食べたお昼が原因か……)

彼女には先に行くように促すと、慌ててトイレに走った。

予想通りにトイレは和式の汲み取り式で『暗い、臭い、怖い』の三拍子が揃っていた。

しかもトイレットペーパーは備え付けられていない。

彼はそれの代わりになるものを所持していなかった。

今にも危険な状態を堪えつつ、携帯電話で彼女にＳＯＳを出した。

しかし呼び出しはできているものの、肝心の彼女が電話に出ない。

（あいつ、マナーモードのままか）

最悪の結末が脳裏を何度も過ぎる。

一度電話を切り、再度掛けなおしたところでやっと彼女が電話に出た。

「分かったから。ティッシュペーパーならあるから、とりあえずトイレに入りなよ。急いで持っていくから」

「わ、分かった……」

電話口で彼女が「子供じゃないんだから……」と、少し吹き出しそうになっているのが分かった。


助けを待ちながらトイレの個室に籠もっていたときだった。

「すみませーん。漏れそうなんですー。助けてくださいー」

トイレの扉がいきなり激しく叩かれた。

明らかに小さな男の子の声で助けを求められている。

（こんなときに大人げないけど、どうにもならないだろう）

「ごめんね。もう少し待っててね」と何度も繰り返した。

それでも表の「助けてください」は収まらない。

野町さんは自分がとんでもなく酷いことをしているような気持ちで一杯になった。

しかし彼女が来ないうちは、この状態のままでは外に出ることもできない。

そうこうしているうちに彼女が扉の向こうに立った。


無事に救援物資も届き、トイレから出てから男の子の話題になった。

「外に男の子いなかった？　すごく大きな声で『助けてください』って叫んでたでしょう」

「え～、そんな子いなかったし、声なんて聞こえなかったよ」

彼女は否定した。

その話をしているときに、突然扉を閉める大きな音がした。

先程までいたトイレの方向からだった。

何事かと思い、個室を確認したが誰もいない。

中を再度よく確認すると、野町さんの財布が落ちていた。

幸い外見は無事だったが、中のお札がびっしょりと濡れていた。

「落としたことに気が付いたのは良かったけど、これはないよなぁ」

いつ財布を落としたのか全く気が付かなかった。

とりあえず適当なビニール袋に財布を突っ込むと車に戻ることにした。

宿に着いてから、濡れた財布の中身を出してみた。

そのうちの一枚に茶色い文字で『バーカ』と書かれていた。

すぐに捨ててしまいたい衝動に駆られたが、福沢諭吉の横に書かれていた為、捨てられなかった。

乾かしてから明日にでも何処かで使ってしまおうかと考えた。

しかし翌朝に確かめると、テーブルの上に干しておいたお札の中から、その一枚だけがなくなっていた。

一万円札だっただけに、何とも言えない悔しい気持ちだけが野町さんの中に残った。

耳を澄ませて

その日、大阪駅前で中川さんは懐かしい友人に出会った。

名前すら忘れかけていた相手だが、向こうは覚えていたらしく笑いながら話し掛けてきた。

「エイちゃんか。久しぶり」

その特徴ある声は中川さんを一気に七年前に連れ戻した。

「思い出した。ナオキか。その名前で呼ばれるのは七年振りだな。お前、生きてたんか」

冗談と本気が半々の質問が出るのも無理はない。七年前の春、ナオキは消息を絶っていたのだ。

近くの喫茶店に場所を移し、改めて中川さんはナオキの顔を正面から見た。

七年もの間、どのように暮らしていたかが見て取れる風貌である。

言葉は悪いが浮浪者同然の姿であった。

注文を取りにきた店員が、眉を顰めている。

痩せこけた顔には、それでも昔の面影が残っていた。

口角をキュッと上げる笑い方は昔と同じだ。

借金が原因で逃げたというのは本当か、今まで何をしていたのか。

矢継ぎ早に訊く中川さんに苦笑すると、ナオキは俯いて話し始めた。

「ほんとだよ。まずは俺が借金を背負った理由から話さなきゃならん」

ナオキは当時、名の知れた商社に勤めていた。

同僚に内田という男がいた。内田は、絶対確実な儲け話があるのだが、とナオキを誘ってきた。

取引先の会社が合併するというのだ。株で一儲けするなら今しかない。

特別にお前も口を利いてやると言われ、ナオキは妻に黙って、マンション購入資金の中から三百万円を預けた。

一応、決まり事なのでと頼まれ、内田が持参した書類の中身を読まずに捺印してしまった。

それが地獄の始まりであった。

そのまま、内田は姿を消したのだ。

代わりに会社に現れたのは闇金の連中である。借用書の額面は五百万。捺された印影に見覚えがあった。

「自分の印鑑だから当たり前だわな」

長い間かけて築いた人生は、僅か二分の恫喝《どうかつ》で全てなくなった。

会社を解雇され、妻を失い、借金に借金を上塗りし、それでもまだ不幸は行列を作っていた。


「恨んだね。どうにかして呪い殺せたらと念を込めてた」

寝ても覚めても内田のことばかり考え、あらゆる手段で殺す妄想に浸り続けた。

そんなとき、奇妙なことが起きた。

日雇いで連れて行かれた土木作業現場で、ナオキは内田の声を聞いたのである。

穴掘りの途中のことだ。

弾けた小石が額に当たった瞬間、声が聞こえたという。

独特の間と抑揚を持つ、男にしては甲高い声を聞き間違うはずはなかった。

思わず周りを見渡したが、顔馴染みの作業員が二人いるだけだ。

気のせいだ。強すぎる願望が招いた幻聴に違いない。

そう自分に言い聞かせ、その場は終わった。

自室に帰り、傷の手当をしている最中、再び内田の声が浮かび上がってきた。

内田は、とりとめのない会話を交わしていた。
聞こえてくるのは内田の台詞で、相手の声は聞こえない。
当然、相手が誰かは分からない。
何処にいるかも分からない。
日常生活において、己の現住所を話す機会はそれ程頻繁に訪れないからだ。

それ以来、ナオキは憎悪する相手の日常と共に暮らすようになった。
必要最低限の仕事をこなし、一日の残りを内田に集中する。

内田は幸せそうであった。
妻も子もいるようだ。
子供はシュンという名で、小学三年生。
サッカーが得意で、算数とピーマンが苦手。
妻の名はトモコ。最近、近所のスーパーでレジのバイトを始めた。
二度目の結婚で、シュンはトモコの連れ子だ。
何処にでもある平凡な、小さな幸せを積み重ねて暮らしている家族。

半年を経て、ナオキは内田の家庭事情に精通するまでになった。

が、それでもなお、現在地は判明しなかった。

近所のスーパーの名前は分かる。

小学校の名前は分からない。まだ会話に上っていないからだ。


「それがな、漸く現在地が分かったんだ」


何の話かまでは分からないが、流れの中で内田はこう言ったという。

「奇遇ですね、僕も京橋から通ってるんですよ」

間違いなくそう言ったのだとナオキは目を輝かせた。

それから二週間、ずっと駅前で奴が現れるのを待ち続けているらしい。

大阪駅で出会ったのも、今から京橋に向かう途中だったわけだ。

生活はどうしているか訊いたのだが、曖昧《あいまい》に笑うだけだった。

薄汚れた服と饐《す》えた臭いで想像は付く。

「じゃ、行くわ。こうしちゃいられないからな」

中川さんが奢りだと告げると、ナオキは心底嬉しそうに礼を言って店を出ていった。

ちなみに、京橋という土地は全国にある。
主なものだけで八カ所。

プロポーズ

駒田さんは受話器を取る癖のようなものがある。

呼び出し音の有無に関係なく受話器を取って耳に当てる。

自宅の電話がちゃんと通じているのか、何となく気になってしまうらしい。

その日もふと、受話器を取って耳に当ててみたくなった。

「プー…………」

予想通りの音が聞こえて安心した。

……はずだった。

その直後、

『一緒になりましょう!!』

受話器から張り切った女の声でそう言われた。

もちろん電話は掛かってきていない。

駒田さんは静かに受話器を置くと「エェーーーーーーー」という間抜けな声を上げげた。

じゃぁ、またねぇ

「じゃぁ、またねぇ」

高校入試の帰り。

校門を出たところで誰かに声を掛けられた。

甘ったるい感じの女性の声だった。

振り向いたが声を掛けるような人物はそこにはいない。

結果は無事合格。

それから三年間、「じゃぁ、またねぇ」は続いた。

毎日ではないが、忘れた頃に声を聞くことがあった。

卒業式の日も声を掛けられた。

（またここに来るのか？）

それから数年後に教育実習で母校を訪れた。

今度は声は掛けられなかった。

家族

押下さんの家はあまり家族旅行に行かない家庭だった。

決して仲が悪いとかそういった理由ではない。

何となく行かないまま時間が過ぎていた。

これが感覚的には一番近いのではないかと思う。

そんな彼女の父親が「皆で温泉に行こう」と言い出したのは、まだ寒い二月の頃だった。

「寒いのは嫌だし、五月の連休は混むでしょう。六月はちょっと忙しいし……」

社会人になって家を出ていた押下さんの都合もあり、それが実行に移されたのは四月末のことだった。

日程は一泊二日。

日帰りでも十分行ける距離にある、今はもう寂れてしまった温泉宿に行くことにした。

実際、お世辞にも綺麗と褒められた部屋ではなかったが、リニューアルしたばかりの風呂と格安の宿泊費が決定打になった。

「お前が子供の頃にこの辺りに連れてきてあげたんだけど、覚えてないよなぁ」

父親が頻《しき》りにそんなことを言った。

押下さんが「覚えていない」と答えると、少し寂しそうな表情をしていた。

親子三人が仲良く同じ部屋で眠るなんて随分久しぶりのことで、幼少の頃に戻ったような気がして少し胸が熱くなった。

両親も随分と楽しかったようで、朝食のときに何度も「来年も来よう」と繰り返し呟いていた。

押下さんもそれには賛成で、毎年何処かに行くのもいいかもしれないと感じていた。

「そうだねぇ。またここでいいんじゃない」

そう答えながらも、彼女の中では、これが最後のような気がしていた。

嬉しそうに笑った父親の影が薄く感じたのだという。

温泉旅行から数カ月後のこと。

早朝、押下さんは実家の台所でお茶を飲んでいた。

母親はキッチンに立っている。

一人で自分用の湯呑みを覗き込むようにしていると、父親が隣の席に座った。

その向かいには、いつの間にか妹が座ってお茶を飲んでいた。

「何だ、みんな起きてたんだ……」

父親専用の湯呑みにはお茶が入っていない。

「まだその湯呑み、使ってたの」

押下さんが小学校の社会科見学で買ってきてあげた湯呑み。

予算の都合で母親の分しか買ってこなかった。

「何でお父さんの分も買ってあげなかったの」

母親が裏で押下さんに向かって、そう言いながら慌てていたのをよく覚えている。

そのせいで父親は大人げなく拗《す》ねてしまい、結局、母親用ではなく無理やり父親用にしてしまったものだった。

そのことを思い出して、押下さんは少しだけ可笑しくなった。

その湯呑みに彼女がそっとお茶を注ぐと、父親は嬉しそうにそれを飲んで消えた。

妹の姿も、もうそこにはなかった。

父親の葬儀の日の朝の出来事だった。

押下さんの妹は数年前に亡くなっている。

それから家族はずっと三人だった。

湯気だけが残った二人の湯呑みを見て、涙が零れた。

「どうしたの？」

心配した母親は様子を覗きに来ると、テーブルの上を見て何も言わずに台所に戻っていった。

母親も泣いていた。

今日、家族が二人になってしまったのだと実感した。

あれから数年が過ぎた。

押下さんの心には、今も少しの後悔と父親の最後の笑顔が残っている。

「もっと親孝行しておけば良かった、って」

ネクタイ

下村さんがその知らせを聞いたのは去年の冬のことだった。

母方の叔父が自殺を図り、病院に搬送されたという。

勤務先に事情を話し、とりあえず二日間の休暇を取って早退。

動揺する母親を励ましながら、下村さんは車を走らせた。

違反すれすれで急いだが、残念なことに叔父は既に亡くなっていた。

待合室には何人もの親戚縁者が集まっており、ひそひそと葬儀の段取りや保険の手続き等を話し合っている。

その輪が煩《わずら》わしく、下村さんはとりあえず安置室に向かった。

憔悴《しょうすい》しきった叔母に軽く会釈する。

根っから明るい性格の叔母は反射的に笑顔になりかけたが、すぐに唇がひきつった。

その夜、叔父の家で通夜が執り行われた。

自殺の原因が曖昧な為、皆一様に黙り込んでいる。

男達は酒に逃げ込んでいたが、下村さんは運転がある為、丁重に断った。
皆から離れてソファーに座っているうち、日頃の疲れが浮かび上がってきた。
眠くなってきた下村さんは、手枕で横になった。
ネクタイを緩め、大きく一つ背伸びをする。
うとうとする間もなく、深い眠りに落ちていた。
突然、誰かに首を絞められ、下村さんは目覚めた。
天井は見えるし音も聞こえるのだが、身体が動かず、声も出せない。
必死に意識を集中するうち、辛うじて左手が動いた。
懸命にソファーを叩き続けていると、漸く誰かが側に立った。
ぬっ、と顔を覗き込まれる。
それが誰か分かった瞬間、下村さんは声にならない絶叫を上げた。
亡くなった叔父が瞬きもせずに、じっと見下ろしている。
叔父は口を開くと、ぽつりと言った。
「一人で行くのは寂しくてな」

そこで漸く悲鳴が声になった。

驚いた皆に抱き起こされ、下村さんは今あったことを話した。

異口同音に夢だと茶化され、膨れる下村さんを宥《なだ》めようとした叔母が、ふと黙り込んだ。

「どうしたの、叔母さん」

叔母は下村さんの首を見つめながら言った。

「そのネクタイ、旦那のだわ」


西陣織りのオーダーメイド。二つとない物である証拠に、裏に名前が刺繍《ししゅう》されてある。

叔父はこれを輪に結び、首吊りに使用した。

身体を降ろすとき、どうしてもほどけない為、カッターナイフで切ったのだという。

確かに、下村さんの首を絞めたネクタイは両端が切断されており、名前の刺繍もあった。

救急搬送のどさくさに紛れて、何処かに行ってしまったはずだと叔母は首を捻った。


つい先日のこと。下村さんは再度、通夜に出向いた。

今度は叔母の自殺であった。

その首には、あのネクタイが食い込んでいたという。

旅へのお誘い

中森さんが勤務する介護施設は、総合病院の外部施設である。

万が一倒れても、直ちに救急搬送が可能な為、健康状態に問題を抱えた入居者が多かった。

朝から晩まで不調を訴え、死の恐怖に怯え、笑い方を忘れた者ばかりと言っても良い。

担当する入居者の一人に、宅間という男性がいた。

宅間は、特に愚痴が多い入居者であった。

自力で歩けた頃は旅が趣味で、日本中を訪ね歩いていたらしい。

それが今では、人の手を借りねばトイレにすら行けない。

笑うのは自らを嘲るときだけだ。

息を吸いながら、ひぃひぃと耳障りな笑い方である。

初雪が降った朝、宅間は体調を崩し、病院に担ぎ込まれた。

最後に一言、旅に行きたいと呟き、二度と目覚めることはなかった。


「ねえ、中森さん。ちょっと変だと思わない?」

話し掛けてきたのは同僚の浅野である。

ここ最近、施設の雰囲気が変わったというのだ。

言われるまでもなく、中森さんも気付いていた。

入居者に笑顔が絶えないのだ。

普段なら、文句や泣き声ばかりの談話室が笑い声で溢れている。

素晴らしい状況である。が、理由が分からない。

仕事が楽でいいと同僚は喜んでいたが、中森さんは納得できなかった。

理由が分からない笑顔は、何か小馬鹿にされている気がするのだ。

堪《たま》りかねた中森さんは、入居者の川下さんに訊いてみた。

「うーん……言ってもいいけど、多分あんた信じないよ」

そう言われると余計に気になる。尚も頼む中森さんに、川下さんは渋々答えた。

「あんた、覚えてる？　宅間さん。あの人が皆のところに来るのよ」

「宅間さんて、あの宅間さん？」

「あっさり言っちゃうとお化けだわね。でも怖くないの。笑ってんのよ。例の変な笑い方」

満面の笑顔で、宅間は死後の世界の素晴らしさを教えるという。

行きたかった所へ飛んでいける。死んでからずっと旅の毎日だ。

身体の痛みもなくなるし、金の心配もしなくて済む。

お前ら、もうすぐお迎えが来るだろうが、怖がらなくていいからな。

「って言うのよ。だからみんな、安心しちゃって。だってそうでしょ、死んだ本人の言葉ですもんね。説得力あるわぁ」

理由は分かったが、納得できないのは同じだ。

いずれにせよ、雰囲気が良くて助かるのは事実である。

宅間の幽霊話は胸の奥に片付け、中森さんは職務に励んだ。

それからも施設内には優しい空気が流れた。

二カ月間で二人が救急搬送され、救命処置の甲斐なく亡くなってしまったが、いずれも穏やかな表情だった。

これも皆、あの宅間のおかげである。

それだけは中森さんも認めざるを得なかった。


休日の朝のことである。

川下さんが倒れたと連絡があり、中森さんは病院へ直行した。

病室が何やら騒々しい。

何事かと飛び込むと、医師がＡＥＤを試そうとしているところであった。

川下さんの痩せ細った胸にパッドが取り付けられ、スイッチが押された。

警報音と同時に、身体が大きく痙攣《けいれん》する。

一度では足らず、二度。

「よし、戻った」

緊張していた医師の顔が僅かに緩んだ。

その瞬間、川下さんが大きく目を見開き、絶叫した。

「どうしました、川下さん」

医師の問いかけを無視して、川下さんはひたすら絶叫を繰り返す。

途中、一瞬だけ意味のある言葉が出た。

「騙された、宅間の野郎に騙された、死にたくない！　死ぬの怖い！」

その言葉に被さるように、何処からか笑い声が聞こえた。

息を吸いながら、ひぃひぃと耳障りに響く、あの独特の笑い方であった。

一旦は持ち直した川下さんだったが、一晩保たなかった。
最後まで泣きわめき、川下さんは逝った。

その様子を同僚に話し、中森さんは自分の考えを述べた。
受け入れる人もいるが、要するに宅間は死神そのものではないか。
死を美化するような状況を放置しておくのは良くない。
バカバカしいとは思うが、お祓いを頼もう。

結果から言うと、その提案は他の同僚全員から拒絶された。
仕事が楽だから文句はないというのが理由である。

黒煙

その日、徳永さんは休日出勤した。

支店から本店に移動したのは昨日である。週明けから本格的な勤務が待っているのだが、負けず嫌いの徳永さんは、自分が関わっている仕事を早く把握したかったのである。

そればかりを考えながら家を出たのが失敗だった。ロッカーの鍵を忘れてしまったのだ。

休日とはいえ、私服のままでは仕事ができない。

おとなしい服装なら誤魔化せるかもしれないが、よりによって真っ赤なミニスカートである。

守衛はマスターキーがあるという。

部署と名前を記入し、鍵を受け取ると更衣室に向かった。

昨日は結局、ロッカーに荷物を置いただけである。

どれだったか思い出すのも一苦労であった。

それでもどうやら無事に制服に着替え、さて一踏ん張りと背伸びした拍子に徳永さんは気付いた。

天井付近に黒い靄《もや》が漂っている。

ヤバい、火事かと一瞬慌てたが、何だか様子が違う。

音や臭いなど、何かが燃えている気配がない。ただ単に煙が漂っているだけである。

どうやら、一番奥の列のようだ。徳永さんは恐る恐る近付いてみた。

煙は窓際のロッカーから出ている。

やはり臭いはない。ロッカーの扉を触ってみたが、熱くもない。

ネームプレートには中沢博美と書いてある。

忘れるはずのない名前であった。

初出勤の日、右も左も分からない徳永さんを優しくサポートしてくれた女性である。

社内一の美人で、仕事はできるし性格は穏やか、誰からも好かれている様子が見て取れた。


どうしようか迷う間にも、扉の隙間から黒煙が湧いてくる。

徳永さんは思い切って鍵を差し込んだ。

そろそろと扉を開けると、甘い香りが鼻をくすぐった。

美人は匂いまで美人ね、などという呑気な感想を抱いたのは一瞬であった。

ロッカーの中で黒煙を上げていた物を目にした途端、味わったことのない寒気が全身を貫いた。
実物を見たのは初めてだったが、それは藁人形であった。
体長二十センチ程度、頭部に顔写真が貼ってある。
ふくよかな笑顔を持つ藁人形には、所狭しと針が刺してあった。
まるで針山のようだ。黒い煙は、その針の根本から湧き上がっている。
炎はなく、熱も感じない。
くすぶっている訳ではなさそうだ。
それ以上見ていられなくなり、徳永さんはロッカーを閉めて更衣室を出た。
仕事を終え、恐る恐る更衣室に戻ると、まだ煙は出ていた。

翌日。更衣室は人で溢れていた。
徳永さんは着替えながら、天井を見た。
探すまでもなく、黒い煙は漂っている。
どうやらそれが見えているのは彼女だけであった。
天井に溜まった煙が、突然するすると流れだした。
入ってきた女性が、煙の行き着く先であった。

藁人形に貼ってあった顔写真の主である。

その口と言わず鼻と言わず、身体に開いている穴の全てから煙は入り込んでいく。

「おはよ、渡辺さん」

誰もが見惚れる笑顔で、中沢博美がその女性に話し掛けた。

「おはようございます」

「渡辺さん、少し痩せた？　何だか顔がスッキリしてるわよ」

吐き気を催した徳永さんは、慌ててその場を離れた。


その後も黒い煙は湧き続けている。

ただし、目標は違っている。

渡辺さんは健康診断で悪性の腫瘍が見つかり、退職してしまっていた。

新しく目標となった人物は、えくぼの可愛い新入社員だ。

徳永さんは来春、寿退社する予定であるが、ロッカーでの出来事を誰にも話していない。

中沢博美と自分、どちらが信用されるか考えるまでもない。

何よりも本人の耳に入り、攻撃対象になるのは避けたいからだという。

一畳部屋

片野さんは大きな溜息を吐いた。

目の前に置かれた鍵の箱は五つ。それぞれ百前後入っているらしい。

その全てをチェックして、不要な鍵があれば廃棄。

それが課長から命じられた仕事であった。

休日に出勤してまでやるようなことではないが、週明けからセキュリティー監査が入るとなると話は別だ。

溜息ばかり吐いていても仕事は進まない。

幸い、助手を一人付けてくれた。

福永という新人だ。

片野さんは適当な気合いを入れ、台帳を片手に一本一本を調べ始めた。

鍵に刻んである数字を見れば、何処で使われている物なのか立ちどころに判明する。

案外早く片付きそうだと、安堵したのを待ち構えていたように、正体不明の鍵が現れた。

他の鍵と同じメーカーだ。通常のドアの鍵と思われる。

ところが、該当する番号が台帳に見当たらない。

近い番号はあるのだが、その一本だけが台帳から抜け落ちている。

こうなれば、直接現場に行って確認するしかない。

「福永君。面倒だけど確認してきて」


番号から判断すると、役員控え室と第二応接室の間である。

その鍵を使うような場所は思い当たらない。

偶然、個人の鍵が混ざってしまったのだろうか。

同じメーカーで、末尾が一番違うだけの個人の鍵があるとしたらだが。

二十分後、福永が戻ってきた。

「遅かったね、どうだった」

返事がない。様子がおかしい。身体が小刻みに震え、顔色も悪い。

何をやらかしたのか。

片野さんが焦り気味に問うと、福永は一度辺りを見回してから話し始めた。

ざっくり見渡したけど、やはりそれらしき扉は見当たらなかったんです。

もしかしたら、どちらかの部屋の中に非常口があるのかもと思い、役員控え室を開けました。

左は応接室だから、間に部屋なんかあるはずがないし、右は窓だし。

とすると奥しかないなって。

背の高い本棚が置いてありました。

近付いて調べると、後ろ側が中途半端に空いている。壁に密着させてない。

覗き込むと、奥のほうにドアノブが見えたんです。

やっぱりだ。この部屋の鍵に違いないなって。

本棚には社史が何冊かとトロフィーが何本か。

全て取り除くと、一人でも余裕で動かせました。

現れたのは、ごく普通の扉で。

他の出入り口と同じく、中心から上は少し大きめのすりガラスになってる。

「そのすりガラスの向こう側で、誰かが動いたんです」

「はぁ？　誰かが動いたって、その扉、本棚で塞がれてたんだろ？」

「それはそうなんですけど……ひょっとしたら他に入り口があるのかもって」

ワイシャツを来た男性というぐらいしか分からないが、確実に人がいる。
一瞬迷ったけど、何の部屋か訊くには良いかもしれない。
思い切ってドアをノックしたんです。
聞こえているはずなのに反応がない。
もう一度ノックしたけど、結果は同じ。
ムカついたから、持ってきた鍵をドアノブに差し込んで。
少し錆びついて入り難かったけど、間違いなかった。
もう一度呼びかけたけど、やっぱり返事しない。
くそ、こっちは監査の為にやってんだって思って、ドアを開けたんです。
すごく狭い部屋でした。
コンクリート打ちっ放しで、一畳ほどしかない。
他の入り口どころか、窓もなかった。
置いてあるのは机と椅子だけで、どちらも埃塗れでした。
それで終わり。
誰もいないんですよ。

よく見ると、机の上にボールペンが一本あったんです。

それが突然、ころりと動いた。

「たったそれだけなんすけど、腹の底から震えが来て」

慌てて外に出て、ドアを閉めて鍵を掛けて、本棚を元通りに戻そうと。

そのとき、初めて気付いたんです。

本棚の背中一面に御札がびっしりと貼ってある。

「足が震えて帰ってくるの必死でした」


どう判断して良いものか結論が出ない。

片野さんは、とりあえず福永を帰らせた。

全て判明済みと記入した書類を提出し、己も会社を後にした。

例の鍵は、鞄に隠した。

何か訊かれても、知らぬ存ぜぬで通す。

そう決めた。

幸い、何も言われることなく監査は終了した。

ほっと胸を撫で下ろした片野さんだったが、事態は終わっていなかった。

突然、役員の成瀬に呼び出されたのだ。

何だろう。何か不味いことでもしたか。

片野さんは必死に思い返しながら役員控え室のドアを叩いた。

「入りなさい」

面と向かって話したことのない相手である。

とりあえず頭を下げる。

「片野さんですね。成瀬です。いきなりで恐縮ですが、最近この部屋に入りませんでしたか」

知りませんと答えるのがやっとであった。

「ああそう。ま、いいでしょ。だったらいいんだ」

これは独り言なんだが、と前置きして成瀬は話し始めた。

「この本棚の後ろに部屋があるんですよ。とある評価外の社員用に作られたそうです。朝から晩まで何も仕事を与えられずに座っているだけ。すぐ外には役員がいるから、文句一つ言えない。トイレや食事に行くのも気を使う」

片野さんの反応を窺いながら、成瀬は笑みを浮かべた。

「消耗するばかりの毎日に、ある日とうとう首を吊ってしまった。死んでからもずっとこの部屋にいるそうなんです。死んだら自由に出入りできそうなもんですがね」

心底愉快そうに成瀬は笑い、尚も続けた。

「出たいけど出られないって思い詰めてたからですかね？　兎に角、噂とは言え、会社としても気持ちがよろしくありません。鍵を閉めて本棚で塞いで、更に御札まで貼った。ところがどうやら、鍵を開けた奴がいる」

成瀬は自ら歩いて役員控え室のドアを開けると、真顔で言った。

「話は以上です。ご苦労様」


くそ。あれは分かって言ってるな。

無断で部屋に入ったのは、やはり不味かったか。

一応、福永にも言っておこうと片野さんは部屋を見回した。

「あれ？　福永君は？」

出勤した形跡はある。携帯を掛けたが、呼び出しの後に留守電に切り替わる。

何度か掛けていると、漸く福永が出た。

「もしもし？　福永君、今何処？」

「出して出して出して出して」

「福永君？　どうした、何言ってるんだ」

「出たい出たい出たい」

　ぷつりと切れた。

　その日を境にして、福永は姿を消した。

　家族から捜索願いが出たようで、会社にも問い合わせが来たが、当方も迷惑していると答えるしかない。

　もしかしたら、福永はあの部屋にいるかもしれない。

　片野さんはそう思っているが、確かめようとはしない。

　これ以上関わって、無職にでもなったら自分の人生が台無しになるからだ。

そっぽ

毎日通る横断歩道。

そこの傍らに、男性が一人佇んでいる。

絶対に気付かれたくない。見たくない。

目を背けるような形で渡る為、『男性』であるということ以外は、はっきり思い出せない。


その日、いつものように横断歩道で信号待ちをしていた。

男性は道路の向こう側にそっと立っている。

これまでと同じようにそちらは見ないつもりでいたはずなのだが、ついうっかり相手を意識してしまった。

(――気付かれた?)

そう思った瞬間、男は自分の鼻先に立っていた。

今にも息が掛かるのではないかという至近距離だ。

目を合わせることだけは嫌だった。

咄嗟に、顔だけ背ける。

私は、首を真横に捻ってそっぽを向いたおかしな姿勢のまま、その場から逃げるように立ち去った。

七年

その家を最初に見つけてきたのは、小晴さんの義母だった。

「二人で住むのにどうかしら？　場所も悪くないし一度見に行ってみない？」

結婚して丁度十年。夫婦仲は良好だった。

小晴さん夫婦もそろそろ、自分達の家を持ってもいいのではないかと考えていた矢先のこと。

最寄駅から徒歩五分。

中古の一軒家だが、築年数もそれ程経っていない。

七千万で売り出していたものが四千万に下がり、改めて不動産会社が売りに出そうとしたところで義母の目に留まった。

「元々は二世帯で住む予定だったらしいのだけど、予定が変わってそれで売りに出したみたいなの」

広さは５ＬＤＫ。

吹き抜けになった広い玄関。

建物自体は二階建てだったが、中二階があり、その為階段がやや曲がりくねっていた。

樹脂製やタイルではなく、大きめの石を埋め込むような形の床の風呂場。

敷地の周囲には駐車場があるくらいで隣接したお宅がない為、日当たりは最高。

家に対して庭がやや狭いような気がしたが、十分に贅沢な家である。

もちろん事故物件ではないことも分かっていた。


値段が下がったとはいえ、安い買い物ではない。

小晴さんご夫婦は迷った。

義父母は、嫁いできた小晴さんに対してとても優しく接してくれており、実の両親と変わらないほどに大切な存在でもあった。

誠実な人柄。人として尊敬できるところも大きい。

その義母の薦める物件。

「できることは協力するから」

そう二人の背中を押してくれた。

何度も夫婦で話し合いを重ねる。

「それならば……」

最終的に二人はその家を購入することを決めた。

小晴さんご夫婦は共働きで、彼女は在宅で仕事をしている。

ご主人は会社員なので外に働きに出ている。その為いつも家で二匹の愛犬と過ごすことが多かった。

住み始めてまず、家の中が暗いような気がした。

一階にあるリビングはとても気持ちがいいのだが、それ以外の場所にいると気分が滅入る。

日当たり等に関しては、購入前によく確認していたはずである。

にも拘わらず、何故そう思うのか自分でもよく分からなかった。

小晴さんは綺麗好きで家中の掃除を小まめに行う為、家の中はいつも細かいところまで手入れが行き届いていた。彼女はそういう配慮ができる女性だった。

それでも、どうしても気になる場所があった。

二階にあるトイレとあの立派な作りの風呂場だった。

風呂場は気が付くと、壁や床に黒いものが生えている。

「また……」

決して手を抜いていたわけではない。以前から念入りに掃除と換気を行うようにしていたのに、気が付くと黒いものが点々としている。

「水のあるところだし、こういうこともあるかもしれない」

それ以上は深く考えなかった。


小晴さんの仕事は、主に机に向かっての作業が多い。

仕事部屋は二階にある八畳の洋室を使用していた。

作業中、二匹の犬達は同じ部屋で過ごしている。彼女の後方で気持ち良さそうに寝ている姿を見ると心が和んだ。

その愛犬達がよく、何もない宙を見ていることがあった。

虫が飛んでいるわけではないし、犬達が気になるようなものはそこにはない。

「気のせいかしら？」

もちろんそこに向かって、特に吠えたりといった様子はない。

ただぼんやりと一点を見つめている。

特に二階のトイレが気になるのか、愛犬のうちの一匹がよくそちらのほうを見てぼんやりとしていた。

他にもここに引っ越してから、触ってもいないにもかかわらず、机の上の物がよく落ちることがあった。

消しゴムやシャープペンシルなど。当たり前に机の上にあるものばかりだ。

物を落とすと犬がそれを咥えて遊びたがる。

その為小晴さんは絶対に落ちやすいところに物は置かない癖が付いていた。

それでもふとした拍子に、ちょっとしたものが床に落ちている。

犬達が気付く前に慌てて拾う。

前の家では仕事中にこういったことはなかった。

「何だろう。何か変だ。この家」

漠然とそう感じた。


その家に住み始めて暫く過ぎ、やっと落ち着いてきた頃。

親しい女友達が一人、家を訪ねてきた。

彼女との付き合いは十年を超える。親友と呼べる存在だ。

気心の知れた友人の訪問を、愛犬二匹と一緒に出迎えた。

「あ……」

彼女が家に入って開口一番に言った言葉は、今も鮮明に覚えている。

「吹き抜けの所の窓。あそこからおじさんが覗いてる……」

その窓は、吹き抜けの高いところに位置しており、外から覗くことは絶対にできない。

そもそもそこから中を覗き込んでいる男性がいること自体がおかしい。

しかも、他にも窓から大勢の人が一方通行で通り抜けていくらしい。

年齢性別はもちろん、各自の進むスピードもバラバラ。

姿が見えないくらいに早く進む人間もいれば、ゆっくりと歩いている者もいる。

その人たちは窓から入って宙を進み、二階にあるトイレの方向に向かっていた。

「一番怖かったのが、覗いているおじさんだったから、つい……」

長い付き合いで、人として信用できる彼女の言葉が嘘ではないことは分かっている。

とりあえず家の中に通すことにした。

二人は彼女の仕事部屋で雑談に興じた。気心の知れた二人の話はすぐに盛り上がり、先程のことは心の奥にしまうことができた。

「ちょっとトイレ」

友人が席を立った。

仕事部屋から近いのは二階にあるトイレ。

彼女はそこへ向かった。

少ししてから戻った彼女が妙なことを言った。

「トイレに女の人がいる……」

彼女曰く、

「トイレの中から、女の人の悲鳴が聞こえてきた」

声の感じから、三十代くらいの女性ではないかと友人は判断した。それくらい、鮮明な悲鳴で、決して気のせいではなかった。

小晴さんはこのことを機に、改めてこの家に不安を覚えた。

昼間、家の中には自分しかいない。

家の中に蟠《わだかま》る、理解できない暗さが彼女を包み込んでいく。

自然と表情が暗くなる。

言葉数も少なくなり、元来の明るさは徐々に彼女から消えていった。

肝心のご主人はといえば、仕事中は外に出ている。

仕事の忙しさも手伝って、帰りも遅い。

当然、家の中のことなど気にも留めていない。

この家に引っ越してからは、帰りが遅くなるどころか、帰ってこない日も多くなった。

この家に住み始めるまで、こんなことはなかった。

会話が自然と減る。相談事もできなくなった。

そんなことが数年かけて、ゆっくりと二人の間に染み込んでいった。

喧嘩も増えた。

この頃になると、ご主人が帰ってこないことが当たり前になった。

小晴さんの心が病み始めていく。

さすがに怪しいと思うこともあったが、彼女は自分のことで手一杯だった。

それから暫くして、夫が外に女を作ったのだと知った。

元々長い付き合いの末の結婚だった。お互いに分かり合っていたし、ずっとうまくいっていたはずだった。

それがまさかこんなことになるとは彼女にも想像できなかった。

二人の間に『離婚』の二文字が出てくるまで、そう時間は掛からない。

「お前のほうが金持ってるんだから、俺は慰謝料なんか一円も払わないからな」

もちろん小晴さんは最初からそんなものは当てにしていなかったが、その言葉に深く傷ついた。

他にも、彼女を一方的に責めるような言葉を随分と口にした。何度も何度も。

その一方的で身勝手な言い分に腹も立った。

浮気をされた上の離婚となれば、被害者は小晴さんのほうだ。

最後まで夫から謝罪の言葉はなかった。

「義父母と離れるのが辛い。それだけが心残りだ」

二人に申し訳ない気持ちで一杯だった。

離婚は仕方がない。ただ、義父母と他人になってしまうことが心残りでならない。

仲の良い姪のことも脳裏を過ぎる。

もうすぐ大学受験で、合格したら一緒にお祝いしようと約束していた。

離婚となれば、それらの人間は夫側になり、戸籍上彼女とは他人になる。

そのことを考えると悲しすぎて涙も出てこない。

「それでもこのままこの家では暮らせない」

二人の関係は修復不可能だった。

ところがいざ彼女が家を出ようとすると、何かしらのトラブルが入りそれが実行できない。

予定外のことが、ふっと湧いてくる。

仕事の納期に変更が出る。飛び込みの仕事が来る。

決して結婚生活に未練があったとかそういうことではない。

「これが終わったら……次こそは……」

何度も日程が先延ばしになった。

(何でこうなってしまうんだろう)

そのことで自分を責めてしまうこともあった。

そこでふと小晴さんは、初めて人に視てもらおうと思った。

決して怪しい相手ではない。しっかりとした情報を仕入れていた。

彼女がそういった相手に会うのは今回が初めてである。

近所でも「当たる」と評判だったことが理由として大きかった。

「気休めになれば……」

その程度の気持ちで、それ程入れ込んだりはしていなかった。

まず最初に訪ねた際、視てくれる女性は小晴さんの正面に座らなかった。

「あなたが怖くて、正面には座れない。ごめんなさい」

そう頭を下げられた。

女性は小晴さんの斜め向かいに座った。

話をしながら手相も見てもらう。

小晴さんはかなりの強運の持ち主で、男だったら随分と出世したに違いない。そういった運の持ち主だと言われた。

色々と抱えている問題はあったが、一番に重要視されたのは、あの家のことだった。

「その家から早く出たほうがいい。このままだと……」

最悪の事態と受け取れる言葉を口にした。決して小晴さんを脅したといったことではない。

家から出たいが、出してもらえない。離してもらえない。

今の小晴さんは、まさにそういう状態なのだという。

「兎に角このままでは出られない」

女性は彼女に、家を出る為のある方法を伝えた。

やり方も丁寧に教えてくれる。

それは決して難しいものではない。

「こんなこと本当に効くものなのかしら」

小晴さんは内心、半信半疑だった。

それでも折角だからと、実行してみることにした

それからすぐに、彼女は家を出ることができた。

愛犬の二匹も一緒だった。寂しくはない。

離婚も成立した。

義父母との関係は紙の上では切れてしまったが、彼女に対しての関係は良好なままだった。

離婚を責めることもなく、むしろ彼女のことを気遣ってさえくれた。

姪の受験も成功し、約束通りに一緒にお祝いをした。

新しく済む場所を探す際、犬が飼えることを最優先した。

犬は二匹とも大型犬になる。その二匹を部屋の中で飼うとなると借りられる部屋も限られてくる。

思ったより家賃が高くなる。

困っていたところに、新築で値段の下がった家を紹介された。

自分が住みたいと思っていた街の二階建て一軒家。

小晴さんの職業柄、ローンの審査は厳しい。

そのことが当初ネックになっていたが、担当者の機転によりスムーズに行われた。

「まさか家を買ってしまうとは」

自分でもこんな大きな買い物をしてしまったことに驚いた。

引っ越しを済ませ、実際に住んでみると、本当に申し分ない家だった。

実際にエアコンを取り付けに来た業者の人間にも「いい家ですねぇ。これだけしっかりとした造りの壁は、今時そうないですよ」と褒められた。

隣に住むご夫婦も感じが良く、仕事も順調に進んだ。


離婚後、あの家は再び売りに出されたと聞いた。

暫くの間売りに出されていたが、結局売れず元旦那が一人で住んでいると人伝に聞いた。

「この間、あなたの元旦那とすれ違ったんだけど、すごいげっそりしてて、何かやばかったよ」

再婚相手といずれ住むつもりなのかもしれないが、そんなことは彼女にとってどうでも良かった。

その後自分に余裕ができたこともあり、家のあった辺りを彼女なりによく調べてみた。あの辺りは昔から病院が多く、知っている人間は絶対に住まないような土地であると知ってゾッとした。


小晴さん夫婦の前の持ち主。

つまりあの家を建てた人間の話になる。

家を建てたご夫婦は、その場所で息子夫婦と暮らす予定だった。

よく聞く嫁姑問題など無縁の、本当に仲の良い親子だった。

家が建ってからまず、両親二人が先に入居することになった。

息子夫婦が来るのを心待ちにしていたが、突然息子のお嫁さんが同居を拒否した。

一緒に住むことを前提に建てた家である。できあがってからの心変わりに誰もが困惑した。

結局、息子夫婦は引っ越してこないまま。

仕方なくご両親は、二人だけであの家に住むしかなかった。

しかし入居後、姑がリュウマチになり、階段の上り下りができなくなった。

こうなってしまうとあの家に住み続けることは困難になってくる。

仕方なく、そこからほど近い場所に新しく平屋の一軒家を建て、この家を売りに出すことにした。

その辺りから、親子の亀裂は修復不可能な状態になる。

結局その家族はその後、一家離散に近い形で別れることになった。

「……あの家は何となく、女性に異変が起こるような気がする」

実際あそこに住んでいる間、小晴さんはノイローゼになった。

本来、彼女はそれ程弱い人間ではない。

彼女自身が振り返ってみて「何故ああなってしまったのか自分でも分からない」と口にするほど、あの当時はあり得ない状態だった。

あの家が建って、最初に売りに出されるまで七年。

小晴さんがその家に住んで離婚に至り、引っ越すまでの期間も、丁度七年だった。

角の店

徳田さんが新居を構えた町内に、そのマンションはあった。

国道に面し、駅まで徒歩圏内の立地条件のおかげで、部屋は全て埋まっていた。

一階は商用スペースとなっており、店が三軒入っていた。

理髪店、歯科医、雑貨店である。

ある日、その理髪店で事故が起きた。

理容師の一人が足を滑らせ、バランスを崩したという。

悪いことに、顔剃りの最中であった。

持っていた剃刀が客の耳に深く食い込み、削ぎ落としてしまったのだ。

救急車のサイレンに野次馬根性を刺激され現場を覗き込んだ徳田さんは、たちまち後悔した。

悲鳴を上げ続ける男性が担架で運ばれていく。

警察官と共にそれを見送る理容師は、全身に返り血を浴び、ユニフォームも真っ赤だ。

凄惨なその姿は暫く夢に出てくるほどであった。

事件後、店は臨時休業の札を掲げていたが、結局そのまま閉店してしまった。

買い物帰りに何となくその札を見ていると、通りかかったお隣の藤原さんに声を掛けられた。

「徳田さん、そこあんまり見ないほうがいいわよ」

自身も目を逸らしながらそう言う。

その理由を訊ねた徳田さんに、藤原さんは声を潜め、渋々といった様子で話し始めた。

「あの場所、長続きしないのよ。入る店みんな潰れちゃうの。しかも、必ず事故を起こしてね」

知る限りでは、今回の理髪店で五軒目らしい。

一番最初にあったのは蕎麦屋である。

熱湯が入った鍋がひっくり返り、店主が下半身を大火傷し、車椅子生活を余儀なくされてしまった。

当然、店を続けられる状態ではない。

最後の日、店の看板をじっと睨みつけていた店主の顔は今でも目に浮かぶという。

次に入ったのはパン屋。

研究熱心な若い夫婦が作るパンは評判も上々であった。

焼きたてのパンがすぐに購入できる状況は何とも快適で、住人全てがその店に足繁く通った。

事故が起きたのは、最初の木枯らしが吹いた日の朝である。

藤原さんは近付いてくる救急車のサイレンに起こされた。

早朝のことであり、サイレンは途中で消えたが、車がマンションの前で止まったのは分かる。

泣きながら救急隊員を呼ぶ声がする。

その声に聞き覚えがあった。パン屋の奥さんだ。

「早くっ！　死んじゃう」

藤原さんが降りる頃には、既に救急車は走り去っていた。

残っていた住人に訊くと、店主の顔面が焼け爛れていたという。

その後、判明したところによると、店主はオーブンからパンを出すときに眩暈《めまい》を起こし、頭から突っ込んでしまったそうだ。

悲劇はそれで終わりではなかった。

火傷は予想以上に酷く、店主は両目とも失明してしまったのだ。

結局、パン屋が営業していた期間は僅か三カ月足らずだった。

その後もクリーニング店、花屋と業種は違ったが、結果は同じである。

起こりうるはずのない事故により、閉店せざるを得なくなるのだ。

そして今回の理髪店。

「何かあるんですか、あの場所」

徳田さんが訊きたくなるのも無理はない。

が、藤原さんは呑気にもこう答えた。

「なぁんもなし。工事中に死んだ作業員がいたなら話は別なんだけどね。本当に丸っきりないの」

「だったら何で」

「それが分かればねぇ。下見に来た人に注意してあげられるんだけど。まぁもっとも、信じちゃくれないでしょうよ」

事故は起こったが、事故物件ではない。

誰も死んではおらず、そもそも当人の不注意によるものだからだ。

そのせいか、次々にテナントは入った。

そして毎回、事故を起こして立ち退いていく。

一度、住人の一人が店主に過去を話し、注意を促したことがあるらしい。

「どうなったと思う？　注意した人もやられちゃったのよ」

注意した者も巻き込まれるとあっては、誰も首を突っ込もうとしなくなるのも当然である。

徳田さんも見て見ぬ振りを決め込んだ。

そんな徳田さんは、今酷く悩んでいる。

「新しい借主、託児所なのよ」

崩怪

霧島さんは散歩が趣味。

引っ越しを機に住むことになった新しい街を、ただ何の目的もなく歩くのが好きだった。

その日は仕事が休みということもあり、いつものように外に出かけた。


十字路に差し掛かったところで、以前から気になっている一件の建物が目に入る。

丁度、角の所にある一軒家。

一階部分は元理容院だと思われる。

ガラスの扉に消えかけた店名が、白い文字で書かれている。

一階の奥の部分と、二階は住居スペースとして使われていたようで、割れた台所の窓ガラスから鍋や皿などの道具が散乱しているのが見えた。

夜逃げしてそのまま物を置いていったらこうなるのではないか。そういう散らかり方をしている。

そこは住宅街で人通りもあり、中に入ってみようという気にはならない。

地震が来たらあっという間に崩れ落ちそうな外観に、通りかかる近所の人たちはやや心配そうな顔をしながら眺めていく。

霧島さんもそういった表情をしていたのかもしれない。

一度携帯電話でその家の写真を撮っているときに、通りかかった年配の男性に声を掛けられた。

「この建物、怖いよねぇ」

「……ですね」

特に急いでいるという訳でもなかったので、あれこれと世間話に花を咲かせてみることにした。

どうやらこの建物は、もう何年もこの状態のまま放っておかれているらしい。

時々屋根瓦が落ちてくることもあり、あまり近付かないほうがいい。そんなことを言われた。

「持ち主が分からないとかそういう建物なんですかね」

何気なく彼女がそう言うと、男性は少し曇った表情をした。

「それもある。……この先にある小さな公園。あそこがまずよくない」

最近は収まったが、三本ある大きな木の一本で何人か首を括っている。

「この家が危ないから『近付かないように』って張り紙したり、立ち入り禁止の黄色いテープでぐるっと囲んだりすると、誰かが公園で首括るんだよ」

何か事故が起きるといけないから注意の張り紙をしたい。そういった意見は何度も出た。

以前はそれで張り紙をしていたらしい。

ただ、それをすると公園で嫌なことになる。だから今は止めている。

そんな取り留めのない話をしていたときのことだった。


建物の中で音がした。

割れたガラスを踏んだような、割とはっきりした音だった。

建物の中はもちろん無人。

「音がしましたね」

霧島さんがそう言うと、男性は「聞こえない」と言った表情を見せた。

物音くらいしてもおかしくはない。気にするなと自分に言い聞かせた。

もう一度男性のほうに目を向ける。

そこには誰も立っていなかった。
霧島さんはぼんやりとその場に残った。
するともう一度音がした。
それは、理容院の入り口の扉が開いて、再び閉まった音であるようだ。
入り口は丁度死角になっており、その場から直接見えない。
音がしなければ、わざわざそちらのほうは見に行かなかった。
(あそこ開くんだ……鍵掛かってないのかな?)
さすがに扉に手を掛けたことは一度もなかった。
少しだけ扉を開けて中を覗いてみたくなった。
幸い人通りはない。それを試すなら今しかチャンスはないかもしれない。
ガラス越しに中の様子がよく見える。ここまで近付いたのは初めてかもしれない。
今がチャンスだと思い、そっと手に力を入れた。
妙に胸が高鳴った。
「あれ?」

ぐっと力を入れて、扉を引いたが動かない。押してみてもやはり駄目だった。

何度か力を入れてみたが、やはり動かない。

「何だ、開かないのか」

ではさっきの音は何だったのか。

そう思って、ガラス越しに中を覗き込むと人影が見えた。

後ろ姿だったが、向こうも霧島さんの存在に気が付いたのか、足を止めてこちらを見ている。

日が差し込まない場所のせいなのか、やけに黒い。表情が動いているような気がしたがそれもよく分からない。

腰から下の服装から、男性だと判断できた。

男性は建物の奥に一度引っ込むと、すぐに霧島さんのほうに向かってくるような動きを見せた。

散乱した床の物を踏んでいるのに音がしない。

そもそもこの建物の中に人がいる時点でおかしいということに気が付くと、急に気味が悪くなった。

(あの人はどうやって中に入ったのだろう)

逃げるようにその場を去った霧島さんは、気付いたときには先程の話に出てきた公園の前を歩いていた。

「あの木のことだよなぁ」

つい、視線を泳がせて例の木を探した。

それらしい木はすぐに見つかったが、どうもピンと来るものがない。

家に帰ろうと思ったそのとき、進行方向とは逆方向に人影があった。

今度ははっきりと全身が見えた。

（あ、さっきの人だ）

その人は暗い場所にいたから黒いのではなく、本当に上半身が黒く煤けているからそう見えたのだと気が付いた。

それはもう人の形をしていない。

ただ明らかに、霧島さんに向かって手を振っていた。

あの理容院で何があったかは分からない。

ただ、その日から霧島さんは散歩コースを変えた。

王

鹿野さんの趣味は写真撮影だった。

ハイアマチュア向けのデジタル一眼レフを購入してからは、週末は全て撮影の時間に充てていた。

被写体は主に廃墟。

都内のマンション暮らしだったので関東一円が中心だったが、それでも遊郭、鶏舎等の小規模のものから、団地、工場、病院等の比較的大きな建造物まで、一年で五十弱のスポットを周っていた。


ある年の夏。予想よりボーナスが多額であったことに背中を押され、鹿野さんは二十万近くする高価なレンズを手に入れた。

広角域から中望遠に掛けての明るいズームレンズ。重量級だが、巨大な廃墟でもこれを使えば全景から室内撮影まで一本で賄える。

大枚叩いて手に入れたレンズである。その初陣には相応しい場所を選びたい。

——あそこはどうだろう？

東海某県のとある山腹に位置する巨大な廃墟。親会社の倒産が切っ掛けで、膨大な負債を抱え閉鎖に追い込まれたリゾートホテルである。

この道に足を踏み入れたばかりの頃から、ずっと思い焦がれている場所だった。少し遠いがそのうち必ず、と機会を窺っていた。

うん。それがいい。

そうと決まれば鹿野さんの行動は早い。

その週末、早くも件のリゾートホテルの廃墟には、意気揚々とカメラを構える鹿野さんの姿があった。

山肌に張り付くように建てられた、人の気配が一切感じられない無機的なコンクリート群。

過去の栄華が垣間見られる閑寂な形貌に、鹿野さんは喜びでその身を震わせた。

鹿野さんは時間を忘れて撮影に没頭した。

じっくり時間を掛けて外観や周辺の遊戯施設を一通り撮り終えると、ホテル内部へと足を踏み入れる。

エントランスを抜け、食堂と思しき大広間に出る。損壊は少なかったが、何処もゴミの散乱が酷い。写真栄えのする場所を求めて、鹿野さんは更に奥へと進んだ。

一部屋一部屋丹念に見て回る。

するとかつては事務室として使われていたであろう、比較的小綺麗な部屋に行き当たった。

その部屋の奥の色の抜けたのっぺりとした壁に、葉書くらいの紙片のようなものが幾つも貼ってあった。

気に懸かり、鹿野さんは壁に近付いた。

それらは写真だった。表面を爪で擦りまくったように所どころが白く掠れていた。

全部で五枚。横一列に等間隔に並んでいた。写っているのはどれも人だった。

有名人のスナップではないようだ。全く見覚えのない成人男性が五人、一枚につき一人写っている。胸の上から頭の先までのアップで、証明写真のようにきちんと正面から捉えたのではなく、遠くから盗み撮りされたような、そんな構図ばかりだった。

それらの写真のうち一枚の左隅部分に、小さく〈王〉と殴り書きされたものがあった。

若干つり目で下唇がぷくりと突き出した——強いて挙げるならそれしか特徴のない、四十歳くらいの面長の男の写真だった。

鹿野さんはそれらを自身のカメラで何枚か撮影した。殆ど無意識で取った行動だった。

廃墟内を小一時間ばかり見回った後、漸く撮影を終わらせた鹿野さんは、その日の宿である二十キロ程離れた旅館へと向けて車を走らせていた。

多少の疲れはあったが、それも宿の温泉に浸かればすぐに抜けるだろう。

日は落ちかけており、廃墟から離れるほどに辺りは暗くなっていく。

ヘッドライトを点け、がらがらに空いた県道を直走《ひたはし》る。

更地と似たような二階建ての家が交互に並ぶ見渡しの良い十字路で、鹿野さんの運転する車が信号に捉《つか》まった。

交差する道路に人も車の往来もない。

その暗い路面と、車のヘッドライトが照らす明るい路面の境界に、男が一人すーっと入り込んだ。

瞬きする間を掻い潜《くぐ》りでもしたかのように、男の登場は唐突だった。

男はそのまま車の真正面にまで進み出て、ゆっくりと鹿野さんのほうへと顔を向ける。

まだ記憶に新しかったので、すぐに分かった。壁に貼り付けてあった、〈王〉と記されていた写真の男だった。

急激に動悸《どうき》が早まっていく。これから何か危険なことが起こるのではないか——鹿野さんは漠然とそんな予感に囚われた。

男はそのまま微動だにしない。

信号はとっくに青に変わっている。

鹿野さんの決断は早かった。エンジンを吹かしてクラッチを繋ぐと、歩道すれすれにまで車体を寄せて、強引に男の左脇をすり抜けた。

縁石にタイヤが擦れている感覚が、鹿野さんの身体に伝わってきた。それでも構わずアクセルを踏み込み、更にスピードを上げる。

男の姿はバックミラー越しに急激に遠ざかっていった。


十字路から二キロほど道なりに進んだところで、鹿野さんはスピードメーターの指し示す数値に驚愕し、慌てて車の速度を半減させた。

制限速度の三倍近く出していた。いつ事故を起こしても不思議ではない状態だった。

そのことを自覚した途端、ぎゅっと身体が強張り吐き気がした。

何とか無事に宿に辿り着いた後になっても、安堵する気分にはなれなかった。

――男の思惑通りに行動させられていたのではないか？

温泉の効能も、豪華に並べ立てられた食事の味も碌に覚えていない。

鹿野さんはその夜、男のことを思い返しては身震いばかりを繰り返していた。

カメラがなくなっていることに気付いたのは翌朝になってからだった。

車中や、宿の思い当たる場所を隈なく探してみたが見つからない。

廃墟を後にする間際まで、確か肩にずしりとカメラの重みがあった。

ただそこから先、車に乗り込もうとした辺りからのことがはっきりしない。

助手席の上に裸のまま置いたような記憶もあるし、後部座席のカメラバッグにしまったような記憶もある。あの男から逃げる最中にも一度、何処か目の端でカメラの姿を捉えたような覚えもある。

更にその先のこととなると、恐怖の所為で記憶ばかりでなく意識までも混濁し始め、もっと曖昧になる。

考えるうちに、どれもが単なる思い込みで、実は廃墟に置き忘れてきたような気にもなってくる。

こうまではっきりしないと警察に届け出るのも気が引けるし、そうなると保険も下りなくなってしまう。

思い倦ねた結果、鹿野さんはもう一度リゾートホテルの廃墟にまで出向くことに決めた。

昨日のルートを遡って探してみようというのである。

ただ、昨日の今日である。車を運転して、またあの廃墟までに行くことに、無論抵抗はあった。

しかしカメラには買ったばかりの二十万もするレンズが付いている。そう簡単に諦めきれるものではない。できればカメラに挿入してあるメモリーカード内に詰まった、画像データも無事に回収したい。

朝食を採り終えると、憂鬱な気分を引きずりながら鹿野さんは宿を出て、廃墟に向け車を走らせた。

不安の残る道中だったが、朝ということもあって道は明るい。昨晩とは違い、何台も行き交う車が存在していた為、さほどの恐怖はなかった。ただ、そのまま何の手掛かりも得られないまま廃墟へと辿り着いてしまっていた。

昨日車を駐車しておいた周辺にもカメラは見当たらない。

ここまできたら、廃墟内も見て回っておいたほうが良いだろう。

昨日の行動を逐一思い返しながら、一部屋ずつ確認していく。

エントランスを抜け、食堂を抜け、そしてあの、男の写真の貼ってあった部屋へと近付いていく。

生じかけた躊躇いを振り払って、鹿野さんは事務室の中にも足を踏み入れた。

壁に視線を奪われた。

壁の写真が全て取り外され、なくなっている。

そして、写真のなくなった壁の真下辺りの床には、鹿野さんのカメラがごろんと転がっていた。


恐る恐るカメラを拾い上げてみた。

見た目には異常はない。

次に電源を入れた。しゃっという起動音の後、背面の液晶画面が表示される。

ファインダーを覗き、動作に異常がないかを確認する。

——と、液晶の右隅に、ある赤い表示が出ているのに気付いた。

残り枚数〇。

メモリーカードが一杯で、これ以上撮影ができないという警告だった。

昨日、撮影を終えた時点では、まだ十枚近くの空き容量があったはずだ。少なくとも〇ではなかった。

何か厭な予感を覚えながらも、メモリーカードの中身を確認する為、再生ボタンを押した。

すると液晶画面に撮った覚えのない——だが、よく見知った画像がパッと表示された。

顔——。

壁に貼り付けてあった写真同様、何処からか盗み撮りされたような構図の鹿野さんのアップの顔がそこにはあった。僅かずつその表情を変えている鹿野さんの顔が、十枚近く記録されている。

肌がぶわりと粟立つ。

いつ何処で盗み撮られたのか、全く気付かなかった。

昨晩なのか？　それとも今朝なのか？　交差点で男から逃げたときか？　それとも、宿で？

カメラに画像の撮られた時刻を表示させる機能があったことを思い出し、鹿野さんは詳細データを呼び出すボタンを押す。

画像の端に表示された時刻を見て、さーっと頭が痺れ眩暈がした。

これらの画像が撮影されてから、時間はまだ三分と経ってはいなかった。

この出来事を切っ掛けとして、鹿野さんは廃墟探訪から完全に足を洗っている。

ただただ怖い――。

それが理由だった。

写真も熟考した末に辞めた。

高価なレンズもカメラも手放し、それまでに撮り溜めた写真も一枚残らず消去した。

写真を撮ること、撮られること。状況次第であんなにも人の気分を害するものなのかと身を以て知ってしまうと、もうカメラは手にする気になれない。

そのような結論に、鹿野さんは達したらしい。

これらの行為が奏功したからなのかは分からないが、今のところ鹿野さんの前に、〈王〉の文字の入った写真の男はその後一度も姿を現してはいない。

しつこい子

渡辺さんの自宅から歩いて五分のところに緑豊かな公園がある。

午前中に家事を済ませ、簡単なお弁当を作り、読みかけの本と共に午後のひと時をそこで過ごす。

遊具がない為、園内は静寂を保っている。

大きな公孫樹《いちょう》の木の下で、木洩れ日を浴びながら本に入り込む。

僅かな時間だが、それは渡辺さんの至福の時であった。


その母子連れが公園に現れたのは三日前からだ。

最初に見たときは、何の思いも抱かなかった。この公園に子供とは珍しいなと感じたぐらいで、すぐに本に没頭したのだ。

だが、二回目に見たときに違和感が胸をノックした。

何が引っ掛かるんだろう。

持っていた本に隠れながら、渡辺さんは観察を始めた。

母親のほうは三十代ぐらい、外見や服装にこれといった特徴はない。あえて言えば、酷く寂しそうな横顔が気になった。

子供が遊ぶのを静かに見守っている。

女の子だ。三歳ぐらいだろうか、元気に走り回っている。

注視するうち、違和感の正体が分かった。

あんなに嬉しそうなのに、全く声が聞こえてこない。

口を開けて笑っているが、笑い声はない。

転んで泣きだしたのに、泣き声も聞こえない。

サイレント映画を観ているようであった。

じろじろ見るようなものではないと反省した渡辺さんは本を鞄に戻し、立ち上がった。

歩き始めた渡辺さんのすぐ前を先程の女の子が走り抜けた。

その後ろ姿を見送った渡辺さんは、己の目を疑った。


影がない。

渡辺さんは自身の影を確認した。長く伸びている。なのにあの子には影がないのだ。

それともう一つ。足音がしない。

影を持たず、音も立てない存在とは一体何なのか。
急に恐ろしくなった渡辺さんは強引に目を逸らすと、足を速めて出口に向かった。
その行く手を遮るようにまた女の子が走り抜ける。
何度も何度も、まるでからかうように。
関わってはいけない。無視。兎に角ここから出る。
そのことだけを頭に置き、渡辺さんは進んだ。
追いかけるように母親が言った。
「そのお姉ちゃん気に入ったの？　遊んでほしい？」
冗談じゃない。幾ら外見が可愛かろうが、これは遠慮したい。
聞こえなかった振りをして、渡辺さんは歩みを進めた。
「ごめんなさいね、しつこい子なのよ。あとはよろしく」
そこまでが我慢の限界だった。悲鳴を上げて渡辺さんは走った。
全力で走っているのに、また目の前を女の子が駆け抜ける。
息を切らし、必死で公園から飛び出した途端、渡辺さんは車に撥ねられた。
遠のく意識の中で、自分の周りを女の子がぐるぐる走り回るのが分かったという。

幸いにも、と言っては語弊《ごへい》があるが、足の骨が折れただけで済んだ。

その日が入院して三日目であったが、例の女の子がベッドの周りを彷徨《うろつ》くそうだ。あなたとは関わりがない、あたしには何もしてやれない、そう繰り返すのだが聞く耳を持たないという。

「確かにしつこいわ」

くぼんだ目を閉じ、渡辺さんは溜息を吐いた。

永遠の乗客

坂本氏は写真を趣味にしている。
今年の春のこと。
人里離れた山桜が撮りたくなり、ネットで調べたところ、心惹かれる一本を見つけた。
氏は車が運転できない為、電車とバスを乗り継がなくてはいけない。
我ながら悠長な趣味だなと自嘲しつつ、近場の温泉に宿を取る計画を立てた。
聞いたこともない駅で降り、一時間に一本だけのバスに乗って目的地に向かう。
その甲斐あって、出会えた桜は一目見ただけで涙が零れるほどであった。
無我夢中でシャッターを切り、バス停に戻った頃にはすっかり夕陽も沈んでいた。
最終のバスがもう間もなく来る。
思わず独り言が零れた。
「危なっ、あと五分余計にいたら野宿だ」
薄暗がりを切り開き、バスがやってきた。
田舎だからと言って、ボンネットバスなどではない。ごく普通のバスだ。

滅多に客のいない時間、というよりは、そもそもこの停留所で止まったことがないのだろう。運転手が驚いているのが見て取れたという。

バスは坂本氏の貸切であった。

運転手の近くに座ると話し掛けられるかもしれない。

疲れた身体に、その状況は如何にも面倒臭い。

かと言って一番後ろの席も妙な警戒心をもたれる可能性がある。

結局、坂本氏は後部入り口近くの席に座った。

外は真っ暗だ。窓に映る自分ぐらいしか見るものはない。

うとうとしているうちに、僅かの間だが本格的に寝てしまった。

目を開けたとき、前の座席から覗く子供と視線が絡んだ。

おや、こんな子いたっけか。

頬から上を背もたれから覗かせ、子供は坂本氏を凝視している。

おかっぱの髪に赤いリボンが可愛らしい。

どうやら女の子のようだ。

坂本氏は子供を好きでも嫌いでもないが、ここまであからさまに見つめられるのは、気持ちの良いものではない。

軽く睨みつけたものの、まるで通じない。
親に注意しようと思ったが、この子以外に人影がない。
相手にして気分を害するのもつまらない。坂本氏は席を立って後部座席に移った。
これにて一件落着。そう呟いた途端、目の前の背もたれから先程の子供が現れた。
『しつこい子供だな』
それが最初に頭に浮かんだ言葉だ。
その次に浮かんだ言葉は、『いつの間に移動したんだろう』である。
足音はしなかった。
目を離したのは、ほんの五〜六秒だ。
坂本氏は思い切って女の子を見つめ返した。

十秒。
二十秒。
意地になった坂本氏は一分余りも睨み続けた。
ふと気付いたことがある。
この子、瞬きしていない。

俄然、怖くなってきた。

もう一度席を変える。
女の子を見据えたまま、一番後ろの席へ。
座ったと同時に女の子はまた前の座席から覗き込んでくる。
瞬間移動したとしか思えない行動だ。
見つめ合ったまま、永遠と思われる時間が過ぎた。

降りよう。
このまま乗っていたら、絶対何かある。
そう決断し、降車ボタンを押す。
駅までどのくらいあるか分からないが、確か後は一本道だ。
『次、止まります』
アナウンスと同時に立ち上がり、運転手の近くに移動した。
例えばこれで、一番前の座席に座ったら——。
いや、遮る物がない状態を考えたくない。

かぶりを振って前を見る。
ミラー越しに運転手と目が合う。
運転手は不自然に視線を逸らした。
——ああ、こいつ知ってるな。
確信した坂本氏は降り際に口を開いた。
話し掛ける前に運転手が前を見たまま言った。
「大丈夫です。このバスから離れられない子ですから」
見送るバスの後部座席から、女の子がじっと見つめていたという。

育たぬヒヨコ

下村さんは、いつものように工場の正門前に立った。

時刻は朝七時四十分。あと二十分で当務終了だ。

下村さんが配属されたのは、田舎にある小さな工場であった。

小さいが劇薬や毒物を扱う為、夜間だけ警備員が配置されていた。

三人で回す勤務のうち、一人が退職した後釜である。

一時間毎の巡回と鍵の管理が主な仕事であり、三日間の研修で事足りた。

明け方近くに日誌を記入してしまえば、社員が出勤してくるまで何もすることがない。

暇に任せて始めたのが正門前の立哨であった。

小学生の集団登校を見かけたのが切っ掛けである。

子供達が無事に工場前を通過できるように、進入してくる車両を止めてあげるのだ。

とは言うものの、その時間帯に出勤してくる者などいない。

よしんばいたとしても、運転手任せで十分である。

放置しておいても何ら不都合はない。そもそも警備計画には挙げられていない仕事なのだ。

つまりは下村さんの自己満足である。

天涯孤独の身である下村さんは、子供が大好きであった。

行儀良く整列し、挨拶してくる子供達が自分の孫のように思えてくる。

その中でも、最も目を惹く女の子がいた。

胸の名札は〈一年二組 よしだ〉と書いてある。

新品の赤いランドセルにお手製のお守りが揺れている。

真新しい黄色の帽子が似合う幼い顔で、真っ直ぐ前を見て一生懸命に歩く。

その子が通り過ぎてから、守衛室に戻れば丁度良い頃合いになる。

僅か数分の縁だが、優しい気持ちのまま一日が終わるのだ。

夏休みが始まり、集団登校も暫く休みとなると、それだけで何とも言い様のない寂しさに包まれてしまった。

早く新学期が始まらないかと心待ちにしている自分が面白い。

そして二学期の朝が来た。

「さぁて、行くか」

少し小走りに正門に向かう。

「来た来た来た」

　思わず声に出た。

「おはようございまーす」

「はいおはようさん」

　皆、一様に日焼けしている。夏休みの宿題と思しき大荷物を抱えている子もいる。

　相変わらず元気一杯だ。

　一つだけ気になることがあった。あの女の子がいないのだ。

　風邪でも引いたかと案じたが、理由を問うほど子供達と仲良しでもない。

　朝の挨拶を交わすのが関の山なのだ。

　女の子は一週間経っても姿を見せなかった。

　もう我慢できない。下村さんは、思い切って先頭の男の子に訊いてみた。

「ああ、ゆかりちゃんだよ。交通事故に遭って入院してるんだ」

　なんということだ。親御さんの気持ちは如何ばかりだろう。

　根っから優しい下村さんは、泣けて泣けて仕方なかったという。

　せめて自分の目の届く範囲だけは命がけで守ってみせる。

　心に固く誓い、下村さんは立哨を続けた。

三日後。

その気持ちに報いるかのように、集団登校の最後尾にあの女の子が戻ってきた。

良かった。治ったんだ。

下村さんは溢れる涙を拭いながら、女の子を見送った。

おかしいと思ったのは次の立哨のときである。

朝からの雨に、子供達は皆、傘を差していた。

なのに女の子だけがいつもと同じ格好である。傘も差さずに、それでいて平気な様子で歩いてくる。思わず声を掛けてしまった。

「君、傘はどうしたの」

が、女の子は何も聞こえなかったように無視して歩いていく。

代わりに、すぐ前を行く男の子が妙な顔で振り向いた。

それ以上、何も言えずに下村さんは黙って見送った。

だが、その後もわだかまりは溜まっていった。

いつ見ても同じ服だ。靴も同じ。それはまだいい。だが、冬になっても半袖はおかしいだろう。何よりも、雪に足跡が付かないのは何故なのか。

導き出される答は一つだ。

年が明け、新学期が始まっても、女の子の名札は一年二組のままであった。

先頭の男の子に訊けばいいだけだが、下村さんは確認せずに立哨を続けるほうを選んだ。


女の子は相変わらず黄色い帽子と赤いランドセルで集団登校の群れに加わっている。

そんな女の子が付いて来ていることを前を行く子供達は知らない。

下村さんも教えていない。教えたところで、妙な大人がいると警戒されるだけだ。

二年が経ち、三年が過ぎ、四年目に入っても女の子はいた。

黄色い帽子も赤いランドセルも変わらない。

降り注ぐ桜の花びらも女の子をすり抜けていく。

その年の冬、工場は閉鎖され、下村さんは違う現場に移動となった。

女の子のことは気になったが、どうすることもできない。

最後の日、下村さんは女の子の後ろ姿に手を合わせ、成仏を願った。


あれから三年。

子供達が通っていた小学校は統廃合の対象になり、今はもう集団登校もなくなったという。

猿達

「猿」に関する話を耳にする機会が多い。


午後九時を回った辺りの、とある閑静な住宅街。

会社帰りの多島さんが何かの気配を感じて視線を上に向ける。

すると、月明かりを後ろ背にシルエットとなった複数の電線のうちの一本に、歪に黒い影が垂れ下がっている。

片腕で電線を握り、もう一方の腕を意味もなくぐわんぐわんと勢いよく振り回している。

その反動で、電線が上へ下へと激しく撓んでいる。

猿——。

そう認識すると同時に影は手を滑らせ、ぐしゅりという湿り気を帯びた音を立て、六～七メートル下の路面へと叩きつけられた。

ぴくりとも動かなくなった黒い影。

……死んだのだろうか？

潰れ絶命する猿の顔が一瞬脳裏を過ぎり躊躇いを覚えたが、多島さんは黒い影へと一歩二歩と近付いていく。

もうあと五歩も進めば屍の様子がはっきり見て取れる、とそのような位置にまできたその瞬間――。

「おーい。踝《くるぶし》さんよぉ」

黒い影の先の細い電柱の裏側辺りから、露骨に不機嫌と分かる男性の声が上がった。

……クルブシサン？

狼狽し、びくりと動きを止めた多島さんの目の前で、まるでその声を合図としたかのように暗い影が急激に萎み小さくなっていく。

人の握りこぶし程度の大きさの楕円状となった黒い影は、更に体積を縮めてその姿を完全に失くす。

いや、それより何より今の声――。

電柱の向こうから聞こえたその声は、どういう訳か百数キロ離れた実家にいるはずの父親そっくりだった。

黒い影も声の主も消え去った暗く寂しい住宅街の片隅で、一連の出来事の整理を全く付けられない多島さんは、暫くその場を動くことができなかった。

＊　＊　＊

ある週末の夕刻――。

ソファーに横になりファッション誌を読み耽《ふけ》っていた小岩井さんは、部屋に差し込む西日の弱まりに、そろそろベランダの洗濯物を取り込もうかと顔を上げた。

その僅か十数センチという程の鼻の先。ソファーの腕掛けの上に鎮座するものがある。

汚れていると一目で分かる黒々とうねる体毛。瓢箪《ひょうたん》をひっくり返したような真っ赤に染まる小さな顔。

体長五十センチ程のニホンザルだった。

猿は身体にざっくりと布切れを纏っている。

見覚えのある英文字のロゴ。少しくすんだ黄蘗色《きはだいろ》の布地。小岩井さんお気に入りの七部袖のカットソーだった。

締りのない半開きの口元からだらだら垂れ下がる唾液が、カットソーに灰色の滲みを幾つも生み出している。

下賤《げせん》な眼差しでじっと小岩井さんの顔を一瞥すると、猿は擦れ音一つ立てずに腕掛けから身を下ろし、ゆったりとした動作で半開きのドアを抜け廊下へと出ていく。

猿も小岩井さんのカットソーも、そのまま行方が知れない。

＊　＊　＊

新築の家を手に入れたばかりの頃に体験したという川田さんの話。


ある小春日和の休日——。

輝く日の光を受けて気品を漂わすクリーム色の外壁。

青々とした芝生に覆われた広い庭。

積年の夢を遂に実現させた理想通りのマイホーム。

全開にした二階の書斎の窓から外を見やり、川田さんは自身の幸せを改めて噛みしめていた。

庭では妻と六歳になる娘さんが仲良く水撒きをしている。

煌めく水の飛沫、草木の新芽、妻と娘さんの笑顔。

目に映る光景全てが幸せに満ち満ちていた。

「パパー！」

元気に手を振る娘さんの姿。

それに応えて川田さんも手を振り返す。

これ以上もう何も望みはしない。

これからも家族三人仲良くこの家で暮らせるだけで……。

ドタドタドタドタ――。

突然、書斎内に足音が響いた。すごい速さで川田さんの背後に迫ってくる。

振り返る間もなく川田さんの身体は書斎の窓から外へと投げ出される。何者かに背中を勢いよく押されたのである。

気付くと川田さんは芝の上に横たわっていた。

ついさっきまで美しく輝いて見えた空や家や芝生が、過剰に色濃く、そして傾いている。

そんな光景を覆い隠すように、真っ赤に目を腫らしながら何事かを懸命に叫ぶ妻と娘さんの顔が重なった。

川田さんの意識はここで途切れた。

落ちた場所が芝の上であったこと、合わせて落下時の体勢にも恵まれたのだろう。川田さんは、右足の付け根辺りの骨に僅かなひびが入った程度の怪我で済んだ。

スキャンで異常は見られなくとも、暫くしてから後遺症が出る可能性もある。

だが、今現在に至るまで、それらしき兆候は見られない。

川田さんは運に恵まれたのである。

——ただ、事故の日以降、川田さんの娘さんが二階に上がるのを極端に恐れる。

その拒絶振りは、二階にあった娘さんの部屋を一階に移さなければならなくなった程だった。

大好きな父親が窓から転落する瞬間を目の当たりにしたのだ。ショックを受けるのも当然ではある。

だが理由はそれだけではなかった。

娘さんははっきりと目撃していたのである。手を振る川田さんを背後から突き落とし、その後、外壁を伝いすぐ隣の娘さんの部屋へと素早く消え入ったそれの姿を——。

「動きはお猿さんみたいだったよ。でもパパよりもずっと大きくて、身体は白くてすべすべなの」

——全て東京都区内で起こった出来事である。

モウ

将司さんの友人の横田は、兎に角滑舌が悪い。

住んでいるアパートは、お世辞にも綺麗とは言い難い。

男の癖にゴキブリが出ただけで、女性もびっくりの悲鳴を上げる。

その横田が将司さんに電話を掛けてきたのは、いい感じに眠りに就いた午前三時過ぎのこと。

「将司さん、部屋にウシが出たんです。ウシが」

ウシ。牛。

この時点で意味が分からない。

部屋に牛が出る訳がないのだから、『ウシ』ではなく『ムシ』なのではないかと思った。

「あぁーわかった。明日だ、明日行ってやる。だから今は寝かせろ」

将司さんはそう言ってから乱暴に電話を切った。

次の日、横田のアパートの部屋へ行った。

玄関を開けると懐かしい臭いが充満している。

田舎の牛小屋で嗅いだことのある、あの匂いだ。

「将司さん、ウシが出たんすよ～」

「どうでもいいから窓開けろ。横田」

「でも小さかったから、あれ仔牛っすかねぇ」

「いいから窓開けろ。横田」

幸い、横田の見た仔牛は臭い以外の土産は残していなかった。

この日から二度と、将司さんは横田の部屋には遊びに行かなかった。

妖精群

懇意にしている窪塚さんの二つ上の兄は、昨年の暮れに亡くなった。

三十四歳の夭折。死因は肺癌である。

これまでに同病に罹った親族は存在していないという理由から、遺伝的な発病とは考え難く、また同氏に煙草を嗜《たしな》む習慣はなかった。

生活及び職場の環境においても疑問視されるような点も見受けられない。生を受けてから亡くなるまでの間、一度も実家を出ての暮らしをされたことはない。勤め先は麴町にある金融機関。遡って学生時代は東京・渋谷区にある某大学の附属校。肺を患うような劣悪な環境に身を置いたことなど一度もない。

以上のことから罹患した直接の原因については、今を以てはっきりとしていない。

ただ、その肺は酷く穢《よご》れていたのだという。

「兄が世話になった看護師さんがいるんです」

窪塚さん自身とは挨拶を数度交わすくらいの機会しかなかったという、兄が末期を過ごした病室の担当看護師。その彼女がある見舞い時、不意に漏らした些細な一言がある。

「――大きな羽虫がね、数匹入り込んでいるの。それもしょっちゅう」

ビルの高層にある病室。都心の街並みを一望できる大きなガラスの一枚窓は開閉不可能。季節は冬。

衛生管理を怠っている訳ではない、という保身の意味もその言葉にはあったのかもしれない。兎に角そのような状況の中、病室内を虫が飛び回っていることがどうにも納得できないという様子が窺えた。

だが窪塚さんは兄の病室でそのような虫など、一匹たりとも見かけたことなどなかった。

ただ、この些細な話を切っ掛けとして、窪塚さんはこれもまたとても些細な、幼少期のとある出来事を思い出したという。


遡ること二十数年前の窪塚さんが小学生に上がったばかりの夏の夕暮れ時――。

台所から、夕食の準備をする母の立てる忙しない物音が届く居間。

冷奴や胡瓜の和え物が並んだダイニングテーブル。それらを肴に夕刊を眺め眺めビールを呷《あお》る父。

そんないつも通りの変わり映えしない光景の中で、窪塚さんはテレビのバラエティ番組を見やっている。

そこへ、ぬらりと窪塚さんの兄がやって来る。

生気の失せた眼差し。色を失った唇。そして胸の前辺りで力なく合わせられた左右の手。

一歩居間に足を踏み入れたまま、そのような状態で兄は棒立ちしている。

「どうした？　そんなところに突っ立って」

怪訝《けげん》に問う父の声。

すると兄はゆっくり胸前で合わせていた左右の手を離し、窪塚さんと父に向けその両方の掌を開いて見せる。

そこにはべったりと朱色の歪な斑点が付着している。両掌それぞれのほぼ中心。直径一センチに満たない程だが、数メートル離れた窪塚さんの腰掛けている位置からでもはっきりと見て取れる。更によく見るとその斑点の周囲には、黒ずんだ塵のようなものが幾つもこびり付いている。

「――殺しちゃった」

震えの所為なのか、調子外れの節を付けて兄は呟く。

兄は掌をもっとよく見てもらいたいのか、そのまま一歩二歩と前進する。そしてまた、

「――殺しちゃった――殺しちゃった」

と、繰り返す。

父と窪塚さんは距離が詰まっても一向に判別の付かない、斑点の周囲にこびり付くものの正体をひたすら探る。

蚊や大蚊にしては異様に黒く太い羽。——そして食玩やプラモデルに付属する人型フィギュア等から切り離したような、極小の灰色の手足。


この後の詳細についてははっきりとした記憶がない。

恐らく兄は、タチの悪い冗談をこっ酷く叱られ、あの掌にこびり付いていたものの正体については有耶無耶になって——と、窪塚さんは述懐する。

ただ、この件を境に兄の身に起こった若干の変化についてははっきりと記憶していた。

一つは、何が飛び回っている訳でもないのに、顔の周りを手で払ったり蚊を叩き潰すような仕草をやたらとし始めるようになったこと。

もう一つは、深夜寝ている兄の口から、悪夢にでも魘《うな》されているかのような低い呻き声が、時折漏れ出るようになったこと。

兄とずっと同室で、誰よりも至近で長い時間を過ごしていたからこそ気付けた微細な異変。心配した窪塚さんは、これらの点について兄本人に直接その理由を訊ねている。

しかし、「大したことではないし、お前に話したとしても分かりはしないことだよ」と兄は物憂げな表情で濁すばかり。見ていて何処か不安な気持ちにさせられる――そこにはそんな薄い笑顔が張り付いていた。

窪塚さんは代わりに両親に相談を持ちかけた。結果、両親が兄にどのような対応を取ったのかは窪塚さんには分からない。ただその後の兄の様子を見るに、さしたる変化があったようには思われなかった。

そうこうするうちに、これらの異変は何の解決もないままに日常の一風景と化し、次第に窪塚さんの気に留まることもなくなっていく。

そして数年が経ち、中学に上がり一人部屋を手に入れると、そんな兄の姿を目にする機会は限りなくゼロになり、これらの出来事は記憶の片隅へと押しやられていったのである。

今回の兄の死と、看護師の話、そして偶々思い出したこれら幼少期の出来事との間に、何らかの繋がりがあったかどうか知る由もない。

いや、恐らく関連性など一切ないのだろう。

ただ、あのときもっと真摯にその身を案じ続けていられたのならば、或いは今でも兄は……と、漠然と思わずにはいられないのだと窪塚さんは語っている。

ナカマ

石原さんの一人娘、由貴ちゃんには不思議な友達がいた。

由貴ちゃん自身はナカマと呼んでいるのだが、残念ながら彼女にしか見えない。

機嫌よく遊んでいる為、気にはなるものの両親は放置していた。


それは叔母が訪ねてきたときのこと。

「近くまで来たからね、由貴ちゃんの顔を見たくなって」

叔母は手提げ袋の中から、お土産を取り出すと由貴ちゃんに近付いた。

「こんにちは、由貴ちゃん。おばちゃん、今日はお土産持ってきました。ほら、着せ替え人形よ」

嬉しそうに受け取った由貴ちゃんは、お気に入りの場所である押し入れの中に持ち込んだ。

「あらま。妙な場所で遊ぶのね」

何事か呟きながら遊ぶ姿が微笑ましい。

「ええ、いつもなんですよ」

世間話に興じていると、突然、由貴ちゃんが大声を上げた。

どうやら何かに対して怒っているようだ。

「由貴。どうしたの」

近付いた石原さんと叔母は、あまりの様子に声を掛けるのも忘れて立ち竦《すく》んだ。

あげたばかりの人形がバラバラになっていたのだ。

「何これ」

思わず声を荒げた石原さんを宥め、叔母は静かに訊ねた。

「お人形さん、気に入らなかった?」

由貴ちゃんはぽかんと口を開けて、二人の顔を交互に見ていたが、唇を尖らせて文句を言い始めた。

「ゆきじゃない。ナカマがやったの」

「またそんなことばかり言って。ナカマなんていないの」

「いるもん」

いる、いないの繰り返しである。

苛ついた石原さんは、腹立ち紛れに言った。

「じゃあどんな顔してるか描いてみなさい」

分かった、とばかりに由貴ちゃんは画用紙とクレヨンを取り出した。

勢い込んで始めたものの、まだまだ三歳児である。

丸の中に目鼻口らしき図形を描く。納得いかないらしく、幾つも描く。

「できた」

どうやら満足して止めたときには、画用紙一杯に『丸に目鼻』が敷き詰められていた。

「どれがナカマなの」

由貴ちゃんは、何を言ってるんだとでも言うように鼻で笑うと答えた。

「ぜんぶ」

床の下

公務員をしている市来さんのお宅は共働きで、中学生になる一人娘のマキさんと三人で暮らしている。

その年、旦那の両親との同居の話がいよいよ本格化することになった。

「家族が増えるのだし、このままでは高齢の両親には住み難いだろう」

これを機に、思い切って家の改築をすることにした。


家が建つまでの間の仮住まいに、舅《しゅうと》の知人から紹介された一軒家を借りることにした。

二階建て。パッと外観を見ただけで手入れがされていないことが分かる。

実際、家のあちらこちらに傷んでいる場所がある。

縁の下の通風口に至っては一部崩れており、床下の基礎部分が見えていた。

紹介してもらった手前、不満を口には出せない。

家の中も外観同様、お世辞にも綺麗な部屋とは言えなかった。

前の住人がどのように使っていたかは分からないが、やはり手入れが全く行き届いていなかった。

（これは、ちょっと……）

正直、進んで借りたいと思えるような物件ではなかったが、舅の知人からの紹介では断れない。

この仮住まいから義父母との同居が既に始まることが決まっている。

ここを断ってしまっては色々と気まずいことになるに違いない。

しかし、紹介ということもあって家賃は格安。

金銭的に助かる点は非常に大きい。

「改築が住むまでの間だし、ちょっとの間のことだからいいか。家ができあがるまでの辛抱だから」

市来さんはあまり深くは気にせず、その家での生活をスタートさせた。


住み始めた当初は、家の中の掃除に追われた。

一時的とはいえ、引っ越し作業も楽ではない。

それでも荷物の片付けが済む頃には、この家での生活にも何とか慣れ始めていた。

その頃になると、今度は違った悩みを持つようになった。

（何だろう。家の中で人が走り回っている？）

住んでみないと分からないことだった。

もちろんそれが家族の誰かの仕業ではないことは分かっている。

はっきりと正体を見た訳ではないが、確かに人が走り回っている気配がしてならない。

最初は自分だけが感じているのだと思った。

しかしその気配に気が付いていたのは、彼女だけではなかったようで、徐々に家族全員が「人が走り回る気配がする」と、はっきり口に出して言うようになった。


それから少したった頃だった。

娘のマキさんが原因不明の皮膚病に罹った。

腰から上の上半身の皮膚が鬱血《うっけつ》したように変色している。

元々ある白い皮膚と鬱血した部分とで作られた、まだら模様が身体を覆っている。

慌てて病院にも連れて行ったが原因が分からない。

まだ中学生。しかも年頃の女の子には辛すぎる症状。

彼女は家の中に籠もり、学校には通わなくなった。

その際、マキさんは自室ではなく何故か一階にある和室を選び、その部屋に閉じこもって生活するようになった。

このままでは皮膚病が治る前に身体を壊してしまうかもしれない。

市来さんはマキさんを何度か無理に部屋の外に連れ出したりした。

彼女のいなくなった和室に入ってみる。

その部屋の中を見て市来さんは絶句した。

部屋中の畳が爪で引っ掻かれ、無残な状態になっている。

とてもこのままではこの部屋は使えない。

仕方なく畳は全て新しいものに替えた。

しかしマキさんが部屋に籠もり始めると、すぐに畳を駄目にしてしまった。

仕方なくまた、新しいものに変える。

そんなことが二度、三度と繰り返されるようになった。

何故彼女がそんなことをしてしまうのか分からない。かと言って頭ごなしに叱りつけることもできない。

市来さん自身も心身共に疲れ果ててしまい、暫くの間仕事を休職せざるを得なくなった。

マキさんの皮膚病は一向によくならず、相変わらず和室に籠もっていた。

学校を休み続け、これからどうなってしまうのか。
考えると心にずっしりとしたものがのし掛かる。
市来さんは気晴らしになるならと、庭木の手入れでもしてみようと思った。
庭に出て家を眺める。
自然と目線は、縁の下の崩れた通気口に目がいった。
崩れているせいで大きく開いた口から、床下に何かあるのがちらりと見えた。
地面から何かが突き出すような形であるのが分かるが、中が暗いせいでよく見えない。
「ん？　何だろう。あれ」
これまでそんなものには気が付かなかった。
位置的にその何かのある場所は、今現在娘が籠もっている部屋の真下辺りになる。
猛烈に気になった。
それが何なのか知る必要がある気がする。
覗き込んでもっとよく見てみようと思い、通風口に身体を近付けたときだった。
今までに聞いたことのない激しい音と、視界を塞ぐ大量の砂煙が舞い上がった。
一気に視界が塞がれた。
口元を押さえ、目を瞑る。

激しい轟音《ごうおん》が響くが、一体何が起こったのか分からない。

そこへ姑が慌てた様子で駆け寄ってきた。

「わ、和室の床が、床が抜けた！　マキちゃんが床下に落ちた！」

急いで家の中に入り、和室のほうに走る。

部屋の襖を開けると、部屋は舞い上がった砂埃と落ちた床のせいで酷い状態だった。

マキさんは畳と一緒に埋もれるように床下に落ちてしまっている。

急いで助け出そうと、何とか足場になりそうな場所を確保した。

市来さんと姑の二人は、必死に畳を退けて床下に落ちた娘を引き上げた。

「幾ら古い家だからって、こんなことになるなんて」

幸い、マキさんに大きな怪我はなかった。


後日、落ちた床の修理に大工を呼んだ。

その作業の途中、大工が市来さんを手招きして呼んだ。

「これ、何か出てきたんですけど、お嬢さんのものじゃないですか？」

差し出されたものは一体の日本人形だった。

（何これ。ちょっと大きいけど、市松人形だよね……）

マキさんの持ち物にこんなものはない。

大工の話では、市松人形は頭から腰までが泥に埋まっていたという。

実際、人形は腰の辺りまでドロドロの酷い状態だった。

しかも両目が刳《く》り貫かれている。

どう考えても普通の状態ではない。

寒気がして、言葉が出なかった。

しかも修理の為に片付けられた床下には真っ黒なものが広がっていた。

鼻を衝く異臭。

「これ灯油ですよね」

床下には灯油が撒かれた跡があり、タール状になったそれが土を黒く染めていた。


市来さんの手元には、覚えのない人形が一体残った。

「どうしよう。気味が悪い」

このまま捨てることもできない。

色々と調べてみたところ、一カ所だけ人形供養をしている寺を見つけた。

この辺ではそこしかない。

急いで人形を持ってその寺に向かった。
そこできちんとお焚きあげをしてもらうことになった。
人形が出てきた翌日、マキさんの身体に現れていた斑の鬱血模様が消えた。
それは「徐々に薄らぐ」といったものではなく、「一気に消えた」のだった。
この人形を、いつ、誰が、何故、何の目的で、そこに埋めていたのかは分からない。

泣く箱

新田さんは学生時代に、ゴミ収集のバイトをやったことがある。

清掃車は三人編成である。生ゴミでも粗大ゴミでも、それは変わらない。

正社員が運転し、バイト二名が下に付くのが基本だ。

生ゴミと粗大ゴミの担当は均等に回ってくる。

仲間内では生ゴミを喜ぶ者が多かった。

粗大ゴミは重く、積み込みにも時間が掛かるからだ。

新田さんは粗大ゴミのほうが好きだった。

何より臭いに悩まされなくて済む。加えて、時折色々な役得がある。

ラジカセが捨ててあれば運転手が手際良くスピーカーを壊し、銅線を抜き取る。

売りさばくルートがあるらしく、休憩中のジュース代ぐらいにはなった。

時折、まだまだ使えそうな家具を持って帰ったりもした。

本来ならやってはならないことだが、当時勤めていた業者の規則は甘いものだったという。

夏真っ盛りのある日。

その日、新田さんが組んだのは岩本という社員であった。

「今日は引っ越しの処理だからな、せいぜい気張ってくれや」

僅かに頬が緩んだ。引っ越す際に不要になった家具等の回収作業は、意外に良品が転がっていたりする。

愛用しているフォークギターも引っ越しの引き取りで見つけたものだ。

トラックは坂道を登り、高級住宅街へ向かった。

「お。あれかな」

道路脇に雑然と積まれた家具の山がある。依頼主と思しき女性が軽く会釈した。

「かーっ、いい女だな。俺らには一生、縁がない相手だ」

相手に聞こえるのではないかと、はらはらするぐらい大きな声で岩本が言った。

支払いは済んでいる。書類にサインし、女性はその場を離れた。

「さて、さっさとやっちまうか。新田君、タンス潰してくれや」

身体の大きい新田さんが得意としている作業である。タンスをそのまま運ぶと場所を取る為、この場で解体してしまうのだ。

引き出しを抜き、持ち上げて斜めに落とす。そうすると、いとも容易く壊せるのである。

早速、引き出しを抜いていく。

一番上の引き出しに小さな箱が残っていた。

木製で、大きめの弁当箱ぐらいのサイズである。貴重品だと後々面倒だ。

蓋を開けようとしたが、鍵が掛かっている。

岩本に見せると、あからさまに顔が綻《ほころ》んだ。

「後で調べて、もしも貴重品なら返しに行くわ」

嘘に決まってる。自分の懐に入れるのは間違いないが、とりあえずは頷くしかない。

新田さんは箱をダッシュボードに置くと、作業を続けた。

その後の作業は支障なく進み、一時間弱で全ての廃棄物を積み終えた。

後は、処理場へ持ち込むだけだ。

残念ながら目ぼしい物はなかったが、楽な仕事であった。

岩本が奢ってくれた缶コーヒーを飲みながら、新田さんはもう一人のバイトの中西君と馬鹿話に興じていた。

と、そのとき。新田さんは猫の鳴き声を聞いた。

他の二人にも聞こえたらしく、全員が一斉にあの箱を見た。

「これ……だよな」

新田さんの言葉に小さく舌打ちし、岩本は道路脇に車を寄せた。

手を伸ばす間にも何度か、猫は鳴いた。

ここだ、ここにいるとでも言うように鳴いている。

岩本は工具セットからドライバーを取り出すと、鍵穴に突っ込んだ。

何度か動かしているうち、鍵が緩み、軽い音を立てて外れた。

岩本がほんの少しだけ蓋を開け、中身を覗き込んだ。

「うへ」

妙な呻き声を上げ、岩本は急いで蓋を閉じた。

「何すか。岩本さん、何が入ってたんすか」

質問に答えようとせず、岩本は首から提げていたタオルで箱を固く縛った。

青褪めた顔で運転を再開し、その後は新田さんが何を言っても返事をしなかった。

処理場に到着し、廃棄品全てを仕分け用の仮置き場に降ろす。

が、岩本は例の箱を運転席に置いたままである。

「岩本さん、あの箱どうするんすか」

漸く岩本は答えた。

「返す。お前らは忘れろ。若い者が関わっちゃなんねぇ」

「だから中身は何なんすか」

また黙りこくり、結局その日最後まで岩本は二度と口を開かなかった。


翌日から岩本は姿を見せなくなった。

朝礼の場では話題に上らなかったが、無断欠勤であった。

昼の休憩時間、新田さんは中西君を誘って駐車場に向かった。中西君の車に乗り込み、持ってきた弁当を食べるのも忘れ、話しだした。

「どう思う?」

「決まってるじゃないっすか。暫く休んでも暮らせるぐらいの金をせしめたんすよ」

「いや、そうじゃなくて。あの箱の中身だよ」

沈黙が重苦しくのし掛かってくる。

関わらない。忘れてしまう。それが結論だった。

が、中西君は関わってしまったようだ。

岩本は、それ以降も無断欠勤を続けた。

会社は手を尽くして連絡を取ろうとしたが、どうにもならなかった。

結局、消息不明のまま、一カ月後に職を解かれてしまった。

寮住まいだった為、部屋を片付ける必要がある。

中西君はそれに借り出されたのである。

部屋は埃塗れだったが、荒れた様子はなかったという。

家財道具は部屋に備え付けられた物が殆どで、本人の物は軽トラック一台で事足りた。

それらは全て粗大ゴミとして扱われ、仮置き場で一旦保管された。


「アレがあったんすよ」

例によって中西君の車内である。

「アレって……あの箱か？　お前まさか」

「ガムテープでグルグル巻きにしてありました。皆の前っすから持ち出せないし、とりあえず鞄に入れて仮置き場に隠しといたんす。さっき回収してきました」

中西君は何とも言えない笑顔を見せ、車を降りるとトランクから鞄を出してきた。

「中身、何すかね。一緒に見ます？」

そのとき、鞄の中から鳴き声が聞こえてきた。

新田さんの返事を催促するかのように鳴いたのだという。

「これ持って僕も行ってきます。一儲けできるな、へっへっへ」

どう考えてもおかしい。

中身が何であれ、一カ月の間、箱に閉じ込められたまま生きていられるものなのか。

こいつは何故、そんなことが判断できないのか。

「とりあえずバイク買おう。で、暫くツーリングだな」

中西君は頬ずりして鞄に囁いている。

これ以上、関わりたくない。

新田さんは転げ落ちるように車から逃げだした。

翌日から中西君は無断欠勤し、岩本と同じく連絡が取れないまま退職扱いとなった。

新田さんも色々と訊かれたが、知らぬ存ぜぬでやり過ごすしかなかった。

散々迷ったが、新田さんは結局バイトを辞めた。

いつか何処かで、あの箱を回収してしまうかもしれないというのが理由だ。

軍服の穴

世の中にはミリタリーマニアなる人種が存在する。

片岡さんもその一人であった。

着ている物も鞄も靴も、全て軍の放出品で揃えている。

戦争を賛美している訳ではない。その機能性を好んでいるだけだ。

「都会の生活は戦争みたいなもんですからね」

などと嘯《うそぶ》いたりもする。

一着あれば何年、いや下手したら何十年も着られる物だが、毎冬買い足すのがマニアたる由縁だ。

顔馴染みの店を訪ね、フィールドジャケットのコーナーを漁っていた片岡さんは、思わず手を止めて唸ってしまった。

ネットでしか見たことのない希少品があったのだ。

サイズもぴったりで、値段も基準価格の半分だ。

「んな馬鹿な」

更に念入りに調べる。

ああやっぱりね。

右の脇の下に小さな穴が開いている。目立つほどではない。

穴の周辺が焦げている。もしかしたら銃創かもしれない。

脇の下を撃たれるって、どんな状況だろうと首を捻りながら片岡さんは購入を迷った。

着ていた人が撃たれたってのは、やはり気持ちのいいものではない。

が、この機会を逃したら二度と出会えそうにない。

迷いに迷った挙げ句、片岡さんはレジに進んだ。

「あ。見つけちゃいましたか」

店員がにやりと笑った。

「そりゃ見つけるよ。よくこんなの入ったね」

「奇跡っすよね」

家に帰って広げてみると、買って良かったとしみじみ思えた。

少し重いが、それが逆に気持ち良い。

もう冬はこれ一着で十分、そうまで思わせるジャケットであった。

そうして折角手に入れたジャケットだが、その年の冬、片岡さんが着て出たのは一度だけである。

その日以外は病院のベッドで過ごした。

ジャケットを着て出た日、片岡さんは事故に遭ったのである。

何の変哲もない道路で乗っていたバイクがスリップし、工事現場に突っ込んだのだ。

飛んでいった先には山積みの材料があった。

咄嗟に両方の腕で顔面をかばう。それが返って悪い結果を招いた。

鉄筋が右脇から左肩を一直線に貫いたのである。

片岡さんは、己の左肩から生える鉄筋を見た途端、失神してしまったそうだ。

身体を貫いたにも関わらず、軍服に開いた穴は出口のほうだけであった。

入り口は、右脇の下に開いていたあの穴だったという。

未練健在

舘林さんが大学生の頃、一回り近く年の離れた男性とお付き合いをしていた。

相手は社会人で、人生の先輩でもある。彼女は就職や、サークルに関する悩みなどを相談することが多かった。

彼女は、年上の一人の人間としてのアドバイスを欲しかったが、彼が期待に添うような言葉を返してくれたことはない。

それどころか彼自身の愚痴や悩み事を返してくることのほうが多く、そのことに舘林さんは不満を感じていた。


そんな二人の交際は、途中から彼の仕事の都合で遠距離恋愛になった。

心のすれ違い。そこに物理的な距離が加わる。

当時、彼女は母親との関係に悩み、自分の希望通りにはいかないジレンマから押し潰されそうになっていた。

大学での勉強も思うように進まない。将来への不安が募る。

それらの悪いことを、全て誰かのせいにしてしまいたい衝動に駆られることも少なくなかった。

心のよりどころを彼に求めても、思うような答えは返ってこない。

彼は館林さんの若さに対して、僻《ひが》むような感情を抱いていた。

歳が離れている分、包容力があってもいいのではないか。

そう思ってみたが、今の彼にはそれすらない。

「君はまだ若いのだから……」

館林さんは、彼との関係を続けることに徐々に疑問を感じ始めた。

そんなとき、サークルで知り合った新入生と親しくなった。

年齢が近いこと、同じ大学で学んでいるせいか話が弾む。

(このままあの人と、付き合っていても虚しい)

館林さんは年上の彼氏と別れる決意を固めた。

後日、彼氏に館林さんのほうから連絡を入れた。

そっと別れ話を切り出すと、彼はそれに猛反対した。

支離滅裂な理屈をこねる。

散々暴言を吐いた挙げ句、今度は「死ぬ」と、自殺を仄《ほの》めかすような言葉を口にした。

本気で死ぬ気があるようには思えない。引き留める為の狂言であることは分かっていた。

もちろん彼女の気持ちは変わらない、むしろ彼に対して更なる嫌悪感すら湧く。

別れ話は拗《こじ》れた。

「他に好きな人がいる」

そうはっきり伝えても、彼は引かない。

「君が好きになった男が本当に君に相応しいか、俺が判断します」

彼が漏らした言葉に心底ゾッとした。

「もうお願いだから止めてください」

最終的には彼女がそう懇願し、その後きちんと顔を合わせて話し合いの場を設けた。

何とかその場で和解が成立し、二人は別れることになった。

しかし別れたはずの日から間を置かず、元彼から頻繁にメールや電話が来るようになる。

彼女に対する未練たっぷりな内容ばかりで、どれも耐えられなかった。

堪らず受けた電話口で、小一時間ほども同じような言葉を何度も繰り返す元彼に〈もう止めてほしい〉とひたすら懇願し、漸く解放してもらうことができた。

「やっと眠れる」

電話を切ってから、ぐったりとベッドに横たわった。

あまりの疲労感のせいか、激しい耳鳴りがする。

口をだらしなく開けたまま、ぼんやりと宙を眺めていた。

ふと、部屋の空気が変わった気がした。

ずしりと何か重いものがのし掛かるのを感じる。

身体が動かない。

(うわ、金縛り!?)

そのとき、ベッド脇にある締め切った雨戸に目が吸い寄せられた。

雨戸の隙間から滑り込むようにして、黒い影のようなものが部屋の中に侵入してきた。

その影は、身体を動かせない状態にある舘林さんに覆いかぶさった。そして彼女の胸や足を触り始める。

その影は、抵抗できない彼女をしつこく舐め回すように責め始めた。徐々に足の付け根に手を出す。

この時点で彼女は、これが別れた元彼なのだと気が付いた。

指の這わせ方、胸や腰を弄《いじ》る仕草が一緒だった。

ただ彼女と元彼は、付き合っていた当時も男女の深い関係までには至っていなかった。

それでも元彼の息遣いを思い出すと、鳥肌が立った。

もう勘弁してほしい。

心底そう願った。

（どうしてここまで私に付きまとうのか。もう終わったのに。止めて）

別れてからも自分の欲望を叶えようとする姿勢が許せない。ただ、この卑怯なやり方が何とも〈あの人らしい〉気がする。

相手が動けないのをいいことに、影は彼女の身体を俯せにした。

慣れない手つきと動きで、彼女の臀部の辺りを弄り始める。

影はそこで初めて館林さんの名前を口にした。

元彼の声だった。

「やめて」

彼女は小さい声で、しかしはっきりと拒絶した。最後の抵抗だった。

そこで彼女の意識は途切れてしまった。

朝、目が覚めてすぐに、慌てて自分の身体を確認した。

服に乱れはなく、部屋に何者かが侵入した形跡は何処にも残っていなかった。

その後も元彼からは〈失望した〉等の嫌味な内容の物が届いたが、一切無視した。

さすがに元彼のほうも諦めたのか、メールは次第に間隔が開いていき、来なくなった。

大学卒業後に、とあるSNSサイトで元彼のアカウントを見つけた。

向こうは同じSNSサイトに彼女のアカウントがあることに既に気付いているようで、彼女のページを頻繁に覗きにきた形跡がある。

好奇心から、元彼のページを覗き返してみた。

そこには少しだけ彼女のことに触れるような記事が書いてあった。

『君の近況が気になるけど、見に行くのは一～二度で止めておこう……もし、君がこのページを見たのなら、君とネ友になるくらい僕は構わないよ』

最後のほうにそう書かれているのを読んで、舘林さんは心底寒気がした。

元彼の身勝手な性格を思わせる内容に、正直吐き気もした。

(……あいつ……全然変わってない)

舘林さんに対する元彼の執念は、今現在も衰えるところを知らないままだという。

一球入魂

蒔絵さんが机周りの整理をしていたときのこと。

久しぶりにアクセサリーを入れておく為の箱を開けた。

これは鍵の掛けられるタイプで、母親が彼女を出産する際に退職記念で勤務先から貰ったものだ。

中には使わなくなった指輪とピアスが大量に放り込んである。

そこに、一つだけ彼女の指のサイズより大きい指輪があった。

「あー、昔の彼氏の指輪だ」

何故自分が預かっていたのかは覚えていない。

(速攻でベランダから投げ捨ててしまいたい……)

懐かしいとかそういった思い出は一つもなかった。

一応きちんと分別して捨てようと、カレンダーを眺めた。

不燃ごみは次の週の土曜日で、まだ日にちがある。

その辺に置いておく気にもならない。そこで指輪を箱に戻して静かに箱を閉めた。

後日、指輪のことを思い出した。

「今日、不燃ごみだからついでに出してしまおう」

そこであの箱を開けようと思った。

蓋に手を掛けたが開かない。

「私、鍵掛けたんだっけ?……」

掛けた覚えはないが、開かないのだからそうなのだろうと思った。

鍵はよく使う指輪と一緒に、別の場所に置いた小箱に入れてある。

ところがそちらの小箱の中に、鍵は入っていない。

「やだ、失くしてしまったのかしら」

何とかして箱を開けようと思い、彼女は先の尖ったものやピンで鍵穴をこじった。

しかし漫画やテレビのように簡単には開かなかった。

「もういいや」

蒔絵さんは箱が壊れてしまうことを覚悟で、蓋を力任せに開けることにした。

蓋はパコッという間の抜けた音を立てて、想像以上に簡単に開いた。

「何だ。鍵の意味ないじゃない」

ブツブツ言いながら箱の中を確認すると、肝心の指輪のほうが入っていない。

中に入っているものを全部テーブルの上に広げて確認してみたが、やはり見つからなかった。

ないなら、ないで困るものでもない。

こじ開けた蓋をそのまま閉じると、勝手に鍵が掛かった状態になった。

「便利なんだか不便なんだか……」

試しに再度、蓋をこじ開けてみようと思ったが、今度は先程のようにはいかず、開かなかった。

それから暫く後。パソコン周りを掃除していたところ、デスクトップパソコンの本体の上に、金色に光る小さなものが見えた。

あの箱の鍵だった。

「何でこんなところに……」

時絵さんは埃が嫌いで、小まめな掃除をいつも心掛けていた。

ここにあったのなら、もっと早く気が付いていたはずである。

折角見つかったのだからと思い、もう一度箱を開けてみようと思った。

すると今度は箱自体が見つからない。

いつも同じ場所にしまってあるのだから、失くしたということはない。

どうしたものかと考えながら、部屋を見回した。

「げっ……」

思わず下品な声が出た。

普段、頻繁に使っている目薬の横に、元彼の指輪が置いてあった。

いつも使うものの横に置いた覚えなど、もちろんない。

ふと、指輪の持ち主だった男が、見た目は悪くないが潔癖症で時間にルーズ、その上酷く粘着質だったことを思い出した。

「もう知らんわ」

蒔絵さんは、窓からゴミ捨て場に向かって直接指輪を投げた。

彼女の部屋はマンションの四階だったが、見事なコントロールで一直線に飛んでいった。

ゴミ捨て場の辺りに落ちたことを確認する。

「これでもう大丈夫だろう」

後日、あの箱はいつもの場所で見つかった。念のため中を確認してみると、あの指輪がしっかりと戻ってきていた。

蒔絵さんは、箱ごと押し入れの奥に放り込んだ。

今も押し入れの何処かに転がっているはずだ。

いし

汐田さんはいつも二本のブレスレットを愛用している。

所謂パワーストーンに当たるものだが、彼女はそういった意味合いを持って身に着けている訳ではない。

ガラスや人工石には興味がなく、単純に天然石が好きなだけなのだ。

一本は比較的カラフルなものでシトリンやアメジストなどを使っている。もう一本はシンプルに水晶と、少し色のある小さな石を組み合わせたものになる。

それをいつも左手首に着けている。

定期的にシリコンゴムも変え、丁寧に扱っているのだが、ふと気付くと手首から消えてなくなっていることが頻繁にあった。


最初は自宅にいるときだけだった。

パソコン前での作業中、手首にないことに気付く。

「あれ？　何処かに外して置いてきたっけ？」

ざっと部屋の中を見て回るが見つからない。
いよいよ失くしたかと思い悩んだところ、机の上の水晶タンブルの上に置いてあった。
いつも外したブレスレットを置いている場所である。
パソコンとは目と鼻の先。
何故ここにあるのに見つけられなかったのか分からない。
そんなことが何度も繰り返された。
「無意識に外して、いつもの場所に癖で置いてしまったのかしら……」

彼氏の家に遊びに行った日のこと。
次の日仕事もあるということで、電車のあるうちに家に帰ることにした。
上着を着ようとして気が付いた。
（ブレスがない……）
何処でいつ外したか、頭の中で記憶を探るが、さっぱり覚えがない。
さり気なく部屋の中を見て回ったがやはり見当たらない。
「後で探しておいてくれない？　今度会うときに持ってきてくれると助かるわ」
この部屋の中の何処かに落ちているのなら、そのまま誰かに持っていかれてしまう訳ではない。
今日のところは諦めて素直に帰ることにした。
部屋に戻ってパソコンの電源を入れたときだった。
いつものタンブルの上にブレスが二本置いてある。
「あれ？　私、ちゃんと着けていったよねぇ……」
何度も首を傾げているときだった。
彼氏からメールが入る。
『ごめん。探してみたけど、やっぱりお前のブレス、何処にもないんだけど……』
まさか家にあったとは言い難い。
「鞄の中に入ってた。ごめんね」
彼女は嘘のメールを送った。

それから何度も彼氏の家でブレスが消えることがあった。
家に戻ると、毎回きちんといつもの場所にある。
（どうして確かに着けて家を出たのに、ここに戻っているのか）
不思議には思った。

しかし『何処にもない』と気が付いたあと、慌てなくても家にあるということが分かってくると、徐々に慣れてきた。

（ああ、またか。いつものことだ）

失くしたわけではなく、どうせすぐに見つかる。そう思うと、消えることが当たり前になってしまい、ブレスレットが目の前に見当たらなくても探さなくなった。


ある日のこと。

ブレスレットのシリコンゴムを替えようと思い、ハサミを入れていたときのことだった。

適当な大きさの浅い箱の中でそっとシリコンゴムを切る。

石が飛び散って、うっかりなくしたりしないようにする為の配慮だ。

ところがこれだけ注意していたにも関わらず、とあるブレスのメインの石が見当たらない。

メイン石なのだから大きさも他の石より一回り以上大きく、値段も高いものである。

汐田さんはカーペットの上を舐めるように這《は》い蹲《つくば》って、必死に探した。

しかし見つからない。

もう諦めて新しいものを買おうかと思ったときに、漸く見つかった。

いつものタンブルの中に一つだけ色の付いたものが入っていた。

先程まで必死に探していたメインの石だった。

「何でここに……」

またなくなっては堪らないと、急いでシリコンゴムに通して元の形に戻した。


それから暫くしてから彼氏は手首に怪我をした。

足で何かを踏んだ拍子に、そのまま後頭部から床に倒れた。

頭は打ったが特に問題はなかった。

転んだ際に、ガラスに腕を突っ込んだ。

その際ガラスが割れ、そこで手首を深く切った。

出血が酷く、意識が飛びかけたという。

ガクガクと身体が震え、『死』が身近に感じられた。

全て彼の自室での出来事で、その場に汐田さんはいなかった。

その代わりに別の女性がおり、その人が救急車を呼んだ。

わざわざ訊かなくても、二人が深い関係であることは汐田さんにも分かる。

「何か丸っこいもの踏んで、そのままあっという間に身体が後ろに持っていかれちゃって」

お見舞いに来た汐田さんの腕にあるブレスレットを見て彼氏が言った。

「てっきり家にそれを落としていって、偶々それを踏んだのかと思ったよ。何だ違うんだ。違ったか。そうか……」

やけに含みのあるようないい方が鼻に衝いた。

彼氏が呟いた独り言は今も忘れられない。

「てっきりお前が何かしたのかと思ったよ。……パワーストーンって何か怖いよな」


例の女性が原因という訳ではないが、二人の関係は駄目になった。

何処にでもあるような別れ方で、特に後ろ髪を引かれるような気持ちはなかった。

彼氏は傷の残った左腕が痛いと頻りに嘆いていた。

腕時計を着ければ重くなり、指輪すら違和感のようなものを感じて嵌められなくなった。

手首に残った傷は長い間赤い色のままだった。

そのせいか常に不機嫌で、喧嘩が絶えなくなった。

別れ話の後の帰り道、またブレスレットが腕から消えた。

いつものように家に戻れば、いつもの場所にあるのではないかと思ったが、結局見つからなかった。

似たデザインの物を数個購入しては腕に着けてみたが、すぐにゴムが切れてしまう。

その度に彼の別れ際の言葉を思い出した。

「本当はお前、全部最初から知ってたんじゃないの」

彼女はもう腕には何も着けていない。

中の人

世の中には、後悔してもどうしようもないことがある。
分かってはいるが、この数日、谷田さんは悔やんでばかりいる。
発端は会社の飲み会。
分からず屋の上司と口論になってしまったのだ。
帰り道、酔った谷田さんは腹立ち紛れに適当な店を選んで酒を追加した。
カウンター席である。左隣が空いていた。
そこに、するりと入ってきた女がいた。
艶という文字を貼り付けたような女だ。
「一人？　一緒に飲みましょ」
美紀子と名乗る女は、谷田さんの心にもするりと入ってきた。
気が付くと、少し痩せた肩を抱いてタクシーを呼び止めていたという。
ホテルなんか行かなくていい、自分の部屋で滅茶苦茶にしてほしいの。
そう囁かれた瞬間、下半身が弾けるような欲望が襲ってきた。

家で待つ妻と子の笑顔が理性と共に消え失せる。

「ここよ。汚くしてて恥ずかしいけど」
美紀子の身体を眺めながら後に続いた。
玄関は脱ぎ散らかされた靴で埋まっている。
一人暮らしの割に靴が多い。
端のほうに靴を脱ぎ、居間に入った。
凄まじい散らかりようだ。
部屋の片隅に服が積んである。
ゴミの詰まったコンビニ袋があちこちに放置してある。
生理的に受け付けない類の部屋だ。
立ち竦む目の前で、美紀子がいきなり服を脱ぎ始めた。
雑誌のグラビアに出てくるような肉体である。
冷静でいられたのはそこまでだった。

お互いを貪り尽くした後、急にトイレに行きたくなった。

部屋に戻ると、美紀子が裸の背を向けてクローゼットの前にいた。

谷田さんは思わず微笑んだ。

開かれたクローゼットの中は、クマのぬいぐるみで溢れかえっていたからだ。

振り向くと、美紀子は寝そべって股を広げた。

「抱いて」

ふらふらと吸い寄せられるまま、何度も何度も抱いた。

疲れ果て、ぐったりと眠る美紀子の横で、谷田さんは煙草を咥えた。

ライターを探す視界の隅で、何かが動いた。

「ああ？　何だこれ」

ぬいぐるみが一匹、仰向けになって手足をばたつかせている。

何とも目障りな動き方である。

スイッチを止めてやろうと拾い上げ、あちこち調べてみたのだが、それらしき物が見つからない。

内側にあるのではと思い当たり、背中のファスナーを下ろした。

途端にぬいぐるみが萎んだという。

風船が割れたような萎み方であった。

事実、中には綿が詰められていないようだ。

こういう種類の風船かもしれない、一瞬そう思ったが、先程まで動いていた理由が分からない。

もう少し調べてやろうと、ぬいぐるみを裏返した。

裏側には紙が貼ってあった。

見たことのない文字が書きこんである。

ぐねぐねと、まるで蛇のような文字。

「あーあ、開けちゃったのね」

振り向くと美紀子が立っている。

「いいよ、また詰めるから。ね、いいもの見せたげる」

クローゼットに並んだぬいぐるみをどかせると、奥から小さな仏壇が現れた。

「あたしの赤ちゃん達の御仏壇なの」

美紀子は優しく仏壇に話し掛けた。

その途端、ぬいぐるみが一斉に動きだした。

どうやって逃げだしたか覚えていないという。

気が付いたら、タクシーは自宅の前で止まっていた。
深呼吸し、そっと家に入る。
妻も子も起きる気配はない。
あの部屋でのことを洗い流そうとシャワーに向かう。
体中に美紀子の匂いが染み着いている気がする。
太股に付いたキスマークを救急絆創膏《ばんそうこう》で隠し、谷田さんはベッドに潜り込んだ。
苦すぎる後悔が、じくじくと胸をえぐる。
クマのぬいぐるみの夢を見て何度か目覚めた。
美紀子が豊満な乳房をクマに含ませている夢だった。

その後、二日間は何事もなく過ぎた。
妻にも気付かれず、温かな家庭は何も変わらない。
三日目の夜、帰宅した谷田さんは愛娘に抱きつかれた。
「パパ、ありがとう！　すごく可愛い」
何のことだか分からない谷田さんの手を引っ張り、娘は居間へ急いだ。
テーブルの上に乗っているのは、クマのぬいぐるみだった。

台所から妻が笑顔で現れた。

「おかえりー。ねぇ、これってどうやって動いてるの？　音に反応するのかしら」

その声に反応したかのように、クマがじたばたと動いた。

「そうだよ。電池の交換は僕がやるから。とても複雑な機械が入ってるから開けないでね」

そう言うしかなかったという。

そのぬいぐるみは、まだ谷田さんの家にある。

専用席

爽やかな五月晴れの朝。

細川さんは娘の絵里香ちゃんをベビーカーに乗せ、駅へと向かっていた。

絵里香ちゃんは、いつもの公園に向かうと期待していたらしく、通り過ぎた途端に駄々をこねだした。

様子を見かねたか、公園仲間の成瀬さんが声を掛けてきた。

同じようにベビーカーを押している。

「あらあら、どうしたの絵里香ちゃん」

「おはようございます。いえ、駅に友人を迎えに行くんですよ。この子ったら、公園で遊べると思ったらしくて」

「また後で遊びましょ、晴美も待ってるから」

ベビーカーに話し掛ける成瀬さんにつられ、晴美ちゃんを見た細川さんは、声を詰まらせた。

顔色が尋常ではないぐらいに悪く見えたのだ。

心なしかいつもより元気がない。

が、細川さんは口出しするのを止めた。

この成瀬という母親は、付き合い難い性格として知られていた。

その空気を感じたのか、子供達は皆、晴美ちゃんとは遊ぼうとしない。

あからさまに「こわい」と言う子もいた。

それが余計、成瀬さんを狭量な人間に変えてしまっていた。

下手に心配して、機嫌を損ねるのも面倒臭い。

今後の公園通いにも支障が出るかもしれない。

何より自分は急いでいるし、子供のことは母親が一番分かるはずだと言い訳を完成させ、細川さんはその場を離れた。


心の片隅に染み着いていた罪悪感は、久しぶりの友人の笑顔が塗り潰してくれた。

「何よ、あの遊び人の友美がすっかり母親じゃん」

「ちょっと公共の場で人聞きの悪い。本当のことを言わないでよ」

「こんにちは、絵里香ちゃん。おば……お姉ちゃんは、お母さんのお友達の吉井美沙って言います。みさりん、って呼んでね」

「こら。三十五のお姉ちゃん。みさりんはどうなのよ」

二言三言交わしただけで、たちまち大学時代の二人に戻れる。


自宅へ向かいながらも話は弾む。

公園に差し掛かったとき、成瀬さんに出くわした。

軽く会釈を交わす拍子に、ベビーカーに視線が向かう。

その途端、細川さんの耳元で吉井さんが囁いた。

「見ちゃダメ。お願いだから」

「え？」

「いいから、あれを見ないで」

何が何だか分からないが、我が子の相手をする振りをして成瀬さんをやり過ごした。

「何よ、一体」

遠ざかる後ろ姿を見送り、振り向くと友はあり得ないほど震えていた。

「どうしたの」

「後で話す。とりあえずここから離れたい」

温かいハーブティーで落ち着きを取り戻した吉井さんは、ぽつりぽつりと先程の理由を話し始めた。

「あのベビーカーに赤ちゃんが乗ってたでしょ」

「ええ。晴美ちゃんでしょ。うちの子と同じ二歳児」

「晴美ちゃん……顔色悪かったと思わない？」

自分の思いを見透かされた気がした細川さんは、言葉なく頷いた。

「あのベビーカーに、もう一人乗ってるのよ。はっきりとは分からないけど、真っ黒な赤ちゃん。それが晴美ちゃんの首を絞めてた。だから顔色が悪くなってたのよ」

首を絞めてた。だから顔色が悪くなってたのよ。

友人の言葉がぐるぐると頭を回るのだが、どういう意味だか理解できない。

「ごめんね、急に変なこと言って。でもあの人には近付かないほうがいい」

判断できないまま、現実的な疑問が一つ湧いてきた。

「でも、成瀬さんに言わないと晴美ちゃん死んじゃうじゃない」

暫く口籠もっていた吉井さんは、意を決したように細川さんを見つめた。

「あのお母さん、もう分かってる。だって、視線が黒いほうに向いてた」

その日から数えて一週間後。

成瀬さんのベビーカーから晴美ちゃんがいなくなった。

葬儀に出席した人の話によると、成瀬さんは葬儀の場でもベビーカーを離さず、それが列席者の涙を誘ったという。


今現在、細川さんは遊ぶ公園を変えている。

他の公園仲間には話していない。言っても信じてくれないだろうからだ。

偶々スーパーで出会った仲間が言うには、今でも成瀬さんは空のベビーカーを押しているらしい。

そのお腹には、本人曰く三人目の赤ちゃんがいるという。

赤い指輪

仕事を終え、帰宅途中の電車で早野さんは胃に不快感を覚えた。

じんわりと締め付けられるような痛みだ。

我慢できないほどではないが、ここ最近ずっと続いている。

帰宅した途端、嘘のように消えてしまう為、早野さんは仕事のストレスが原因と自己診断していた。


この日も例によって痛み始めた。

我知らず不機嫌な顔になる。

その顔を正面からじっと見据える女性がいた。

年齢が読めない。着物姿が板に付いており、いずれ素人ではなさそうだ。

あまりにも不躾な振る舞いに、とうとう早野さんは我慢できなくなった。

「あの、私の顔に何か付いてますか」

「あんた、今、胃が痛くないか。胃のここんところ」

女性が指し示す場所はピタリと当たっている。

「今ね、あんたの胃袋を手が握りしめてんだわ。小指に指輪。赤い石が付いてる」

思わず己の腹を見つめる早野さんに、女性は更に言葉を続けた。

「早いとこ何とかしないと、あんた胃ガンになるよ」

丁度電車が駅に到着し、女性はそう言い捨てて降りていった。

何を馬鹿げたことを、と早野さんは鼻で笑った。


「ただいま」

「お帰りなさい」

出迎えた妻は、笑顔で応え、早野さんから鞄を受け取った。

その手に赤い石が光っている。

「お前、そんな指輪持ってたっけ」

声を震わせながら訊ねる早野さんに、妻は言った。

「似合う？　意外と安かったのよ」

それから先を問えるはずもなく、早野さんは引き下がった。

「あのとき、もっときちんと向かい合っとけば良かった」

病院の待合室で早野さんは寂しげに笑った。

その姿に昔の面影はなく、別人かと思わせるぐらい痩せていた。

見守る人たち

佐山さんの勤務先は大手の不動産会社である。

今年になってから二棟目のマンション建設が決まり、明日から地元民との折衝が始まる予定であった。

工事計画自体には、何ら問題は見当たらない。

元々、住宅地として開発されていた土地らしい。

扱っていた業者が廃業し、手放してしまったのだ。

一軒だけ建てられた家は廃屋と化している。

一日で取り壊せるような小さな家であった。

それよりも問題は周辺住民だ。

高齢者が多いと聞く。

説明に手間取るだろう。

一軒家が建つのと、マンションが建つのとでは条件が違いすぎる。

長年暮らしている土地を守るのだという自負めいた感情も大きいに違いない。

気が重くなったが、逃げだす訳にもいかない。
覚悟を決めて佐山さんは事業所を出た。
訪問予定の家は八軒。建設予定地をぐるりと囲む形になる。

事前調査によると、一軒目は老人の一人暮らしである。
玄関を開けた佐山さんは、小さく息を呑んだ。
尋常ではないサイズの鏡が玄関に向けて設置してあったからだ。
面接自体は懸念を裏切り、恙《つつが》なく進行した。
「別にわしらからは言うことはないよ。他の家もそうだろうな」
その老人の言葉は正しかった。
八軒とも、同様に何の苦労もなく交渉は済んだ。
もう一点、同じものがあった。
鏡だ。
置き場所は異なったが、一般家庭では使わないような大きな鏡が飾られていたのだ。
どうにも気になった佐山さんは、最後の家で訊いてみた。
「ああ、この鏡？　やっぱり大きいほうが何かと安心でね」

それ以上の答えは聞けそうもない。
相手の笑顔が、〈どうぞお引き取りください〉と言っていたからだ。

まずは廃屋の解体からである。
作業に危険がないか、確認の為に佐山さんと工事監督が屋内に入った。
長年、人が踏み入れたことのない家である。
床に溜まった埃や、壁を彩る黴《かび》や蜘蛛《くも》の巣がその証拠と言えた。
廊下の突き当たりに襖があった。
嫌な物が貼ってある。
御札であった。
しかも一枚だけではない。何枚も何枚も貼ってある。
開かないように封印してあるようだ。
「何だこれ」
「どうします」
迷っている暇はない。工事が始まれば、どうせ破られてしまうのだ。
佐山さんは思い切って御札を片っ端から剥がしていった。

襖に指を掛け、一気に開いた。

黴だけではない妙な生臭さが漂う。四畳半の部屋に家具は一つだけであった。

古びた仏壇である。ありがたいことに位牌は置かれていなかった。

あまり気持ちの良いものではないが、解体するには何の支障もない。

八軒の住人が見守る中、僅か二日間で家は跡形もなくなった。


本格的な工事を迎え、現場では朝礼が始まった。

既に搬入された重機は稼働を待つばかりである。

騒音は元より、気になるのは振動のほうだ。

念の為、佐山さんは再度、八軒の住人を訪ねた。

前回と同じく一人住まいの老人からである。

「わざわざすんませんな」

「申し訳ありません。工事が順調に進めば、一週間程度で収まりますから」

「ああ、そりゃ大丈夫。あれが待ちくたびれてるからの」

「え？」

老人は己の口を隠し、「しまった」と一言だけ漏らした。

「まあええか。あんたんとこ、何があっても工事は中止せんわな」

　言葉の意味を問う佐山さんに、にたりと笑いかけると老人は話しだした。


あんたらが壊したあの家な。

今までに三つの家族が入ったんだわ。

その三つとも、一家心中しとる。

あの家の中やないよ、旅先でとか山ん中でとかな。

やから、業者も正々堂々と売ってたわけや。

ほんまやったら、一回だけで終わるところが三回も売れたからな、ありがたいこっちゃ。

結局、社長がアホやから潰れたけど。

それ以来、ずうっと空き家のままでな、新しい住人が来るのを待ってたはずなんや。

壊す邪魔をしなかったのがアレの賢いところでな。

それに、一軒家よりマンションのほうが人数多いしな。

　呆気に取られて聞いていた佐山さんは、一言だけ返すのがやっとだった。

「何がいるんですか」

「あの家な、古い塚を壊して建てたんや。掘ったら骨がごろごろ出てきた。一人、二人どころやない。何十人分の骨や。ほんまやったら、市に届け出て暫くは遺跡の調査とかせんならん。それは不味いやろ言うて、うまいこと裏から手ぇ回して内々で済ませよった。骨は全部砕いて、土と一緒にダンプに積んでたわ。わしら、全部見とった」

いつの間にか、残り七軒の住人が集まってきていた。

皆一様に嬉しそうだ。

「あんたらのおかげで助かった」

「鏡だけやと心細いからな」

「これでもう安心やな」

鏡。ああそうか、あれは魔除けか。

「だったらうちのマンションも鏡を」

「アホか。あんたんとこは、もう中に入ってしもてるやん」

「諦めが肝心やで。会社は何の損もせぇへん」

朗らかな笑い声に見送られ、佐山さんはその家を後にした。

事務所に着いても、冷や汗は止まらなかったという。

マンションは販売と同時にほぼ完売した。

立地条件が良いというのが、購入理由の第一位であった。

佐山さんは結局、一言も上司に報告していない。

言ったところでどうにもならないからだ。

マンションの建築は始まっており、中止などという選択肢はない。


八軒の住人の予想通り工事は順調に進み、予定より一週間も早くマンションは完成した。

引っ越し業者が列を成す毎日が続く。

ある日、その列に救急車が割り込んだ。

搬出されたのは、一番に引っ越してきた家族の主である。

その主が新居で暮らしたのは、僅か四日間であった。

手を合わせて救急車を見送りながら、佐山さんは声に出さず呟いた。


人はどうせ死ぬんだ。

遅いか早いかだけだ。

佐山さんは良心に蓋をして鍵を掛けた。

あとがき

昨年に引き続き、今年も怪談を聞いて書いて、そして無事お披露目することができたことを、ほっとすると同時にとても嬉しく思っています。

これも関係者の方々のお力添えがあったからこそです。心から感謝しております。

ささやかなお話のようでも、当事者にとっては忘れ難い辛い出来事だったりします。

また好き好んで怪異に見舞われたなどということもまずありません。

細心の注意を払い、過剰な演出やつまらない冗談、薄っぺらい洒脱さなどは極力廃したつもりなのですが、果たして上手くできているのでしょうか？　お話の提供者の方々の感情を傷つけていなければ良いのですが……。

と、本が出る間際になると、毎回このような恐々とした気持ちに陥ってしまいます。

この文章もそんな気持ちを引き摺ったままに書いています。

至らない点が見受けられましたら、直にでも影からでも構いませんので、お話の提供者の方々はどうか遠慮なく罵って下さい。

さて、「白夜」という夢幻的な名前の付いた本書ですが、その内容のほうは比類して美しいものではないようです。

なぜなら、実話怪談で何よりも優先されるのは恐怖を伴った超自然で不可解な現象。それも大抵、首尾結構の整っていない曖昧模糊《もこ》としたお話ばかり。更に中には目を背けたくなるような不快な光景も出てきたりもします。

ただ、それでも読み進めていく中で、延々と続く薄明りの下を彷徨《さまよ》い歩いているような非日常的な感覚には浸っていただけると信じています。擬似白夜体験です。

最後に本書を手に取っていただいた全ての方々に感謝いたします。本当にありがとうございました。

三雲　央

あとがき的な駄文

すっかりご無沙汰、または初めましての方もいるのではないでしょうか……。

随分と長い間、実話怪談から離れていたような気がします。

このお仕事が来た際、返事は即答でした。しかし後になって「本当に大丈夫だろうか」と不安になりました。取材に関してはのんびりと進めておりましたので、その辺は問題なかったのですが、正直「書けるのだろうか」という気持ちが大きくのしかかりました。

執筆中、これまで大きな怪我や病気というものは一度もなかったのですが、今回は肋骨にヒビが入るといったアクシデントに見舞われ、正直参りました。大した怪我ではありません。ただ、日常生活の動き全てが痛い。その上、取材の予定がずれ込むことも多々。そのため今回の締切には間に合わない話も出てくる始末。

「今回は見送るか」

そんな話も幾つか存在していました。

そういった中で随分と沢山の方から「大丈夫ですよ」と背中を押していただきました。

気休めでそういった言葉を口にするような相手からではありません。

説得力のある方々からの言葉です。

前回の恐怖箱から今日に至る間に、私のような者がお話しさせてもらうだけでも勿体ないような方々とのご縁が増えたことが、大きく影響しているように感じます。

そのどれもが私には贅沢なものです。無理なお願いをしてサインを頂くなどし、それらを励みにして今回の執筆に取り組みました。人との繋がりが大きく左右することを実感する中、結果的に全ての取材が間に合う結果となりました。

その他にも今回はいい意味で予想外に変わる出来事が多く、その全てに助けられたように思えてなりません。最後の最後で心が折れる事態が発生しましたが、それを支えてくれる存在に助けられました。

私が次にこうして表に出てくるのが、いつになるかはわかりません。取材した話を書く機会が果たしてあるのか。

それでも私は多分、変わらないのではないか。むしろそうありたいと思っています。

次にお会いできる機会がありましたら、また……。

橘　百花

白夜に夜明けはない

蛇苺、蝙蝠、油照、そして白夜。とうとう共著も四冊目となった。

既にお気付きの方もおられるだろうが、全て夏の季語である。

先の三つと異なり、日本に白夜はない。

身近にないものを季語として織り込むとは、なかなか風流なものだ。

まあ、その意味では実話怪談も似たようなものである。

いやむしろ怪異などというものは、できれば身近にないほうがいい。

だが今回の私は、身近な場所で起こった怪異を取り上げてみた。

数秒前までは何事もない平々凡々たる人生だった筈なのに、何故。

酷いときは一家離散、本人行方不明など、急だろうが何だろうが、恐怖はきっちりと仕事をする。身近であればあるだけ、逃げようがない。

怖い目に遭ったからといって、住んでいる家を引き払える人は幸いである。

購入したばかりのマンションや持ち家から逃げ出せるわけがない。

私が取材した殆どの相手は、今もそこにいる。

中には自ら招いた災いもあるが、恐怖は相手の選り好みをせずに、勝手にやってくる。

そんな、どうしようもない話ばかりを集めてみたわけだ。

ちなみに私は数多くの怪異を書き下しているが、有り難いことにその間、音を上げるほどの恐怖に襲われた試しがない。

ところが今回。

とある話に取り掛かった直後、職場の同僚が突然、心肺停止で救急搬送されてしまった。

幸い意識は取り戻したが、直前の健康診断でお墨付きを貰ったばかりであった。

続いてもう一人の同僚の御身内が事故で入院。続くね、と囁きあっていた丁度そのとき、会話相手の弟が骨折したと連絡が入った。

さすがにこれには鳥肌が立った。何故ならば、そのとき書いていた話に瓜二つだったからだ。結局、その話は封印するしかなかった。

共著のお二人や、常日頃お世話になってる加藤さんに御迷惑は掛けられない。

……もしも何かあったらごめんなさい。

二〇一三年　白夜ならぬ闇夜に　　つくね乱蔵

本書の実話怪談記事は、恐怖箱 白夜のために新たに取材されたものなどを中心に構成されています。快く取材に応じていただいた方々、体験談を提供していただいた方々に感謝の意を述べるとともに、本書の作成に関わられた関係者各位の無事をお祈り申し上げます。

恐怖箱 白夜

2013年7月6日　初版第1刷発行

著　つくね乱蔵／橘百花／三雲央
監修　加藤 一
カバー　橋元浩明（sowhat.Inc）
発行人　後藤明信
発行所　株式会社　竹書房
〒102-0072　東京都千代田区飯田橋2-7-3
電話 03-3264-1576（代表）
電話 03-3234-6208（編集）
http://www.takeshobo.co.jp
振替 00170-2-179210
印刷所　図書印刷株式会社

定価はカバーに表示しています。
落丁・乱丁本は当社にてお取り替えいたします。

ISBN978-4-8124-9516-2 C0176